菩提花开

邹安音 著

河海大学出版社

图书在版编目（CIP）数据

菩提花开 / 邹安音著. -- 南京：河海大学出版社，2019.1
ISBN 978-7-5630-5678-1

Ⅰ.①菩… Ⅱ.①邹… Ⅲ.①散文集—中国—当代 Ⅳ.①I267

中国版本图书馆CIP数据核字（2018）第229701号

书　　名 / 菩提花开
书　　号 / ISBN 978-7-5630-5678-1
责任编辑 / 齐　岩　毛积孝
特约编辑 / 李　路　仇雪敏
封面设计 / 刘昌凤
排版设计 / 西橙工作室
出版发行 / 河海大学出版社
地　　址 / 南京市西康路1号（邮编：210098）
电　　话 / （025）83722833（营销部）
　　　　　 /（025）83737852（综合部）
经　　销 / 江苏省新华发行集团有限公司
印　　刷 / 三河市元兴印务有限公司
开　　本 / 880毫米×1230毫米　1/32
印　　张 / 7.125
字　　数 / 155千字
版　　次 / 2019年1月第1版
印　　次 / 2019年1月第1次印刷
定　　价 / 59.80元

目 录

·第一辑
金：枫叶正红

枫叶红了的时候 / 003

山道弯弯 / 005

种菜记 / 007

洪峰过南充 / 009

一份晚报一世情 / 011

哭泣的天空 / 015

情系藏乡核桃 / 019

这年，温暖如春 / 022

人到中年 / 026

珍惜每一天 / 028

· 第二辑
木：草木春发

走进春天，与快乐同行 / 033

风景在一步外 / 034

青居记忆 / 036

走进相如故里 / 038

兰渝之恋 / 042

草木药香 / 047

马兰花开 / 051

云端之爱 / 055

春到阆中 / 068

·第三辑
水：上善若水

恋在黄河口　/　077

嘉陵江畔最美的记忆　/　083

爱在升钟湖那一立方水　/　086

早春黄龙溪　/　091

天山水韵　/　093

蓝莲花盛开在内江　/　095

流过心上的大运河　/　098

·第四辑

火：囊萤映雪

华山，山高为峰 / 107

美在川藏线，恋在木格措 / 108

云上川西古羌寨，天籁之音入梦来 / 110

花样西充 / 112

璧山：此心安处是吾乡 / 116

文学梦，心之魂 / 119

我在有红旗的地方上班 / 124

滴血的观音 / 126

今夜如此美丽 / 129

·第五辑

土：寸草春晖

父亲的脊梁，母亲的守望 / 135

送别 / 139

母亲的年夜饭 / 141

菜殇 / 144

寻找舌尖上的童年 / 152

藏在碗底的深情 / 154

母亲的手 / 175

泥土之根 / 182

我的大哥 / 186

我的声色村庄 / 208

第一辑

金：枫叶正红

· 枫叶红了的时候

秋风乍起,秋叶飘零。是不是只有枫叶,才会在秋风乍起的时候,幻变成彩蝶一样的红叶,无声地吟唱着,在萧索荒凉的旷野中飘扬成一片美丽的风景?

看见过许多的红叶,或者成林或者成丛,零星地闪耀在记忆的深处,片片飞舞。有的温馨着记忆,有的牵扯着神经的痛楚。

采摘过一些红叶,或者条状或者花型,放在手心,有的模糊了,有的飞走了,有的留在了心灵的深处。

每一片红叶,或许都有着它的故事与经历,有着它的荣光与繁华,有着它的哀伤与痛楚。

我不知道枫叶红了的时候,每一片叶子的凋零该有着多少的无奈和不舍,有着多少的酸楚和挣扎?我不知道它在飞向沃土的那一刻,心灵里是怎样的一种情形,悲伤,欢乐,还是幸福?

生命的轮回就如同四季的变换。

我徜徉在巴中光雾山的满山红叶林中,落叶缤纷的森林氤氲着温暖的气息——虽然这是 2014 年冬至的一天。

视野中的树枝枯了,我却看见红叶的灵魂在泥土里快乐地歌唱。

那就静静等待明年春天吧。或许又会有一株小树苗拔地而起,或许这里又有一片森林茁壮成长。枫叶飘零的那棵树,会见证这一切的。

那我就争取当一枚秋天的红枫叶吧!

· 山道弯弯

当我迎风伫立于化龙水库那高高的堤岸时，一湖澄碧的水，如一幅淡雅的画，垂挂我的眼帘。

静静地立在船尾，看小木船在桨橹发出的"吱呀吱呀"的古老声韵中，缓缓前行。

船工是一位壮实的山里汉子。他一边慢慢地划船，一边向我们讲述着山里的故事。

拥有九湾十八叉的化龙水库，在那秀丽的青山上，散居着一群淳朴的乡民。劳作在这块土地上的人们，用紧握锄柄的双手捧走了一个又一个晨昏。而贫困，依然如丝般缠绕着他们。

"山里的人买盐要坐船到这堤岸上来买，山里的孩子上下学不易。山高，路陡，学校远，最主要是家里贫穷，供养不起。"船工望着悠悠的化龙山，低低地说。

我不禁一颤，想起了一个动人的故事。

一位质朴的乡村女教师，把自己的嫁妆做成木船，每天风里来雨里去，接送孩子上学。故事的主人公是吴国贵，她的家乡就在这优美的化龙水库。可是,有谁知道,还有一群失学的儿童,一双双求知的双眸,正渴慕探望外面的世界?

在吴家沟下船后,我们沿着通往宝顶山的石径前行。

峰回路转,有小路曲曲折折,直通向山外。山道上,一个八九岁的小女孩,肩背一大捆木柴,气喘吁吁地,挪着艰难的步子,迎面而来。

小姑娘乍见我们,很羞怯地低下了头。我要替她背柴,她不肯,但终于让了。

"你没上学吗?"我问。

"没。"她低垂着头,长长的睫毛上下扑棱,宛如翩翩飞舞的蝴蝶。

"我是想上学的,可奶奶说,女孩子不用上学,爸妈也是这样说。"她又说道。

一丝痛惜的感觉涌上心头,我觉得背上的柴好沉重。逶迤的山路,弯弯曲曲,延伸向山外。我多么希望小姑娘能沿着这条山路走出去,朝着那太阳升起的地方,去拥抱明天的生活呀。

· 种菜记

我喜欢种菜!

小时候家里的自留地很珍贵,那时候根本没有让我实践的机会。后来还是在我有了自己的家的时候,才时常有机会体会种菜的乐趣。不过我最难忘的种菜经历应该是住在部队那段时间。

空勤楼围墙前面有很多空地,但是之前谁也没在那里动过一铲土。因此空地杂草丛生,很是荒芜。我瞅着这么好的一个舞台,应该是我施展才华的时候了!一个周末,从老乡那里借来锄头,发扬南泥湾精神,马不停蹄地开垦起农田来了。老公根本没时间帮忙,全靠我一个人。

土里埋着很多砖瓦石头,我费劲力气,终于开垦出几分地。恰是春天,万物生长的季节,我买来辣椒、丝瓜、黄瓜、南瓜等应季蔬菜种子或者苗苗一栽,再从老乡那里弄了点土肥,就开始等结果了。

那些日子真是充实。每天浇完水,看着苗在点点拔节,一天天长高,再之后看藤蔓爬满院墙,那完全是一种葛朗台看到金子的感觉。这些藤苗也是一种无与伦比的美，因为它们给空勤楼带来了生机与活力。所以后来当菜农把我挂在墙外的丝瓜顺手摘了又拿到部队菜场卖时，我都不知道是哪家人有这么好的福气，居然不明就里就吃了我的绿色正宗无污染丝瓜！

当年战果很丰盛，我们家除了猪牛羊等自己种不出的以外，基本不用买菜了。渐渐地，空勤楼刮起了一阵种菜风。我正准备扩大农场，朝着更大规模规划时，旁边的地早被邻居夫妇扒拉了。之后，空勤楼前面再无空地。那时候，一有空，家家户户都在自己的菜园忙活。这个事情好出名哟，后来整个部队都知道了我们自给自足的事迹。

如今居住在城市里，我仍然想种菜！但是到哪里去弄菜地呢？我开始跟老公商量：我喜欢种菜，你看我们娃娃小时候就是吃了我种的绿色无污染的菜，才这么苗壮成长。要不我去买块菜地？征得老公同意后，历时四年，今年春节，终于寻觅到一块称心如意的大菜地。菜地前面是个大露台，简直是返璞归真了。老公规划着在露台弄假山假水，我则计划在菜地上先栽几棵桃子树或者橙子树，以后娃娃的娃娃回家时，我可以很骄傲很自豪地说："走，外婆带你去摘我们家的果子！"

· 洪峰过南充

23 日晚 12 时许，突然接到朋友的电话：市驻春路栖乐垭大桥头来了几车武警，他们正忙着在桥头堆砌沙袋！是不是洪水要来了哦？

天呀，栖乐垭大桥正好位于我家对面，在驻春花园转盘处，这里是南充主城顺庆区最低的地方！老公刚好在家休假，闻之赶紧跑去侦查情况，一会儿便气喘吁吁跑回家报告：的确如此！而且还有很多警察站岗值勤。一宿无眠，战战兢兢，于是听老公讲述他幼时洪峰过南充主城区的历史事件。当时洪水淹没了整个下半城，全家被迫离家出走，借宿亲戚家，这已经成为他心底的伤心事，一直不能释怀。

翌日一早，我们准备从桥头过去攀爬西山锻炼身体，往桥下的西河一瞅，魂都掉了一半：河水竟然陡涨到桥面下，还有几米就要溃堤了！赶紧打电话询问处于西河下游最低洼地带小区居住的弟弟，原来小区保安已经把钥匙给了他家，全家人正随时准备转移东西出去！一大家人来到天地山水小区，在弟弟家守候。等待电视预报的下午4时洪峰过境南充！

吃了午饭，和丈夫开车到桓子河大桥，刚爬上堤岸，正看到武警清理堤岸上的人群出岸。天呀，嘉陵江上洪涛滚滚，大桥马上就要淹没了！

收音机里传出的声波不断刺激着我们的耳膜：洪水仅次于1981年，低洼地带的一些小区已经积水半米！滨江沿岸全是观望洪水的市民。我们从白塔嘉陵江大桥过高坪。我弃车步行，不断拍照。脚下滔滔洪水滚滚而来，其间还有动物的尸体在漩涡中沉浮；嘉陵江上一望无涯的全是浑浊的泥水；昔日美丽的滨江公园不复存在，只有几片绿叶在洪水中挣扎着，昭示着昨天的辉煌和灿烂；彩旗飘扬的游船没了踪影，已经泊进了高坪一个安全的港湾；上游一艘断缆的游轮正下漂……

过境洪峰持续到晚8时。吃过晚饭，沿着西河大堤步行，发现最薄弱的地方都有警察和武警把守，防止洪水漫入市区。但是有些地方防不胜防，洪水从地下水道反浸入主城区的低洼地带，肆意流淌着。

11时许，从西河的彩虹桥往下望，河水在渐渐消退。众志成城，洪魔终于"投降"。

· 一份晚报一世情

光阴荏苒，如白驹过隙，转瞬之间，她就长成了15岁的美丽姑娘。《南充晚报》，就像邻家的妙龄少女，散发着清香可人的气息，沐浴着嘉陵江畔的清风雨露，把淡淡的芬芳和甜美的笑容舒展到川东北的每一片土地和角落。或者在朝阳喷薄的清晨，或者在夕照斑斓的傍晚，浸润在她的气息中，果城的人们习惯与她度过美好的一天。

少女如花。在我的心中，她就是一朵洁白的兰，纵使时光交错，也永远盛开在心上，勾起我无限情怀和往事。让我引以为傲的九年《南充晚报》记者、编辑生涯，常常让我跌落进那段记忆中，不能自已。我和她的初遇，是2002年元旦前夕。承蒙时任《南充晚报》总编办主任何其兴老师的大力举荐，我走进了一座灰白砖瓦房的二楼（南充晚报诞生之地，其时她已经两岁了），此后与她共风雨，同成长……

她的心灵是那样柔软，关注民生，贴近百姓，就像我们的母亲河嘉陵江，把最柔美的身段留在了南充，也滋养着生活在这里的

760万川东北儿女。在这种精神指引下，感受着这片土地的多情，我把视野的触角伸向了足够远的地方；去过阆中的回族村，听族中长老阿訇给我讲当地的风俗和民情；去过南部的升钟库区，翻过山淌过河，听当地百姓讲述水库设计者和修建人的故事，他们倾其一生的才华和努力，让清河流进千家万户，却把骨魂安葬在了青山深处；去过红色革命老区朱德故里，在巍巍琳琅山之巅，品着高粱酒的甘醇，享受着农家九大碗的绿色佳肴，感叹着如今伟人故里的神奇和美丽；去过蓬安的周子古镇，打鱼人的休闲和浪漫写意着司马相如故里的多情和旖旎；去过嘉陵的桑园，养蚕人的如水柔情像绸都南充的浓浓情怀，挽系了江河和山川；去过高坪的青居，橘子园的色彩就像太婆的笑容，绽放在世人的面前……

她的精神是这样丰富和快乐，传承民族文化，讴歌诗意人生，就像母亲河宽广的胸怀，那样敞亮和青绿。这种快乐幸福的精神感染着我，让我走进一个又一个最能代表那一方山水那一块土地的人们家中。在营山竹编大师何启荣的竹林院子里，我一边看着他手中十八种刀具像乐章一样演奏，一边惊叹着这样的竹编艺术品，何尝不能震慑巴黎博览会评委们的心灵；在阆中博物馆里，我听着著名学者李文明老师讲述皮影剪纸大师王文坤的一个个精彩故事，就仿佛看到墙壁上展翅的蝴蝶在飞舞；领略着川剧华表奖获得者陈雪的婉转之音，欣赏着著名曲作家岳亚的经典作品，看着营山的翻山铰子在我面前眼花缭乱地闪过，以及川北大木偶精彩的字画表演，西充的花灯在旋转、在旋转……迷离仿佛间，我分不清这些是神还是人，是他们浸润了嘉陵江丰厚的人文内涵和底蕴，才演绎出如此灿烂的物质和精神文明。我把这一幅幅绚丽的风景变成一个个生动轻灵的文字，让它们在报纸上舞蹈和歌唱着。

她的意志是那样坚强和内敛，传递平安动态讯息，鞭挞丑恶凶暴，就像青黛的西山，护佑着世代生活在这里的人们。还记得我第一时间传回的新闻稿件：交警赵刚勇斗歹徒英勇受伤。一石激起千层浪，下班路上勇斗出租车抢劫犯的交警赵刚牵动了万千果城人民的心，鲜花和掌声送给他的同时，也传递了人们的爱心和正义。至今仍然记得和摄影记者陆待君奔赴顺庆区漾溪镇现场采访非法传销组织的情形，我躲在当地农民地下室报警，警方雷霆出击，一举捣毁了销赃据点，挽回了当地农民的巨大财产损失。我在一个个案发现场见证了南充警察的艰辛执着和英勇，也明白了祥和安宁的社会背后，是一个个普通民警的巨大付出，是法官们和检察官们牺牲一个个休息日换取了百姓的快乐和幸福。

她的视野是那样开阔和锐利，就像嘉陵江上飞架的一座座虹桥，以及山间飞舞的一条条巨龙：北上南下的一条条高速公路和铁路，与中国相连，同世界相衔。她是川东北的一面窗口，立足本土，放眼世界。即使在2008年特大地震发生的当天，报社领导也指挥我和同事们坚守岗位，完成各自的采写和编辑工作。下午3时，我坐在报业大厦十三楼的办公室里，当余震来临时，摇晃的大楼和开裂的墙体并没有让办公室的人惊慌失措。当天晚上负责要闻版的同事们为守一条新华社的电稿，不惜值班到深夜。为了及时传递世界的声音，及时播发本地的消息，多少年长期熬夜的值班，让他们的青丝过早地变成了白发。又有谁能知道每天清晨散发着油墨芳香的报纸，是印刷厂工人在凌晨两三点加班加点赶印出来的呢？

她在嘉陵江畔栉风沐雨，像一棵小树苗般茁壮成长着，是那样自信和坚强。2005年底，因工作需要我调到了《南充晚报》专题部，负责旅游周刊的编辑。此后的专题部发展如同雨后春笋，在川东北这片土地破土而出。黄金楼市、汽车周刊、消费周刊等如鲜花尽情绽放。她迅速跻身全国地市级报刊前列，成长为一棵参天大树。

在她的庇护下，我也在不断成长和壮大。即使后来我调换工作到了市旅游局，但无论何时、不管何地，滴滴浓情、点点关爱，我的血脉已经融入了她的根系，我的精神已经和她的枝叶相交。她就是我心底盛开的一朵花，母仪万方，情爱有加，一生一世。

· 哭泣的天空

每天中午孩子放学回家之前，我都会把饭菜烧好，让她一回家就能吃到香喷喷的饭菜，感受母爱的温暖。

那天中午是周一，因为下午很忙，要编辑旅游版和健康版，所以我早早就弄好了饭菜，在客厅里等待娃娃的回来。天气有点热，我觉得异常的烦躁，娃娃那天恰恰也回来得很晚，12点30分左右，她才按响了门铃。

吃完饭后，我躺在床上休息，娃娃在客厅里玩玩具。不知道怎么，我翻来覆去睡不着觉。不知道过了多久，突然床摇动起来，我以为娃娃在摇晃，就喊了一声："宝宝，不要打扰妈妈睡觉。"床又摇晃起来，我斥责起娃娃来："喊你不要摇晃！"床剧烈摇晃，我很生气，想起身看她，却没有发现她的身影。难道躲到衣柜里了？我很纳闷，朝衣柜张望，发现衣柜门大开，衣柜里前天晚上收拾好的冬装全部滚了出来，眼看对面的房子朝我倾倒过来。

"糟，地震了！"我胡乱扯过衣服，赤足朝门口奔去，同时大声喊道："宝宝，宝宝！"没有应声，可能上学去了？房子在剧烈摇晃，我心里闪过一丝死亡的阴影，能平安到达楼下吗？邻居一家也奔出来，我们拼命朝楼下狂跑，邻居大妈口里念念有词：阿弥陀佛，菩萨保佑！那时候，我觉得万分悲哀，在大自然的神力面前，我们是那么渺小，那样无助。当时只觉有汹涌的海浪兜头袭来的悲凉和痛彻。终于到达小区空地，心里一阵阵狂喜，但狂喜过后又一阵惊恐：孩子呢？

"妈妈，妈妈！"这个我不知道听了千万遍的词语，在那一瞬间却那样弥足珍贵。孩子就在小区门口，在人潮里张望着我，她挥舞着手臂朝我扑来，我紧紧搂住她，眼泪一下在眼眶里打转。"我正要去上学，刚走到楼下就看到房子摇晃起来了，我差点摔倒了，一会儿就看到小区的人跑下来了，我正在哭着喊'妈妈'，害怕你跑慢了……"娃娃抽泣着说："妈妈，是世界末日到了吗？"我无语。

人们自动朝街心花园涌去，感觉整个城市陷入绝望之中，满大街都是人在奔跑。

将近三点了，娃娃想去上学，但是又很留恋我。她朝我告别后，看着她在街道边慢慢行走，小小的身子快消失在视野里的时候，我眼泪突然涌出来，也不顾没穿鞋子的尴尬样子，拼命撵过去。"宝宝，不上学了！"我坚定地说。正在这个时候，孩子的好朋友的妈妈走来了，她正要去学校寻找孩子，我担心着自己的工作，把孩子交给了她。同时回到小区，战战兢兢地迅速跑上五楼的家，穿上鞋子就跑，像做贼！

所有的电话都打不通，整个世界仿佛一片混沌了。穿过北湖公园的时候，宁静秀丽的公园没有了往日的宁静，人流如织。来到单位，看到大楼里所有的人都疏散出来了，电梯已经关闭，整栋大厦已经封锁。记者和编辑们全部在空地中央，讨论着刚才的大地震，这个时候我才知道地震中心不在我们这个城市，但是我们城市已经有几十人因为地震身亡！其中有很多是跳楼出的意外。市委、市政府已经启动了紧急预案，总编辑正在吩咐各个记者奔赴采访第一线。我焦急地等待着自己的工作安排，又惦记着孩子。报社领导决定，次日减少二十个版，只做四个版面，我的旅游版如期编辑！

我再次战战兢兢地走路上十三楼，坐到办公桌前，惊魂未定，看办公室墙角已经裂开了好大的缝隙，又兀自吓了一大跳。十三楼主要是行政办公室，人基本都在楼下，很是空旷，更增加了我的恐惧感。我只好自己安慰自己：这楼房是现浇的，安全得很！刚打开电脑，房子就摇晃起来了，窗户刷拉刷拉响，余震来了！我立即朝电梯口窜，突然想不应该，赶紧折身朝楼下跑，那里是编辑部的中心，人多，要死也要找个人多的地方！

把稿子编辑好，催着照排的人排版，只有几个人办公，这个时候每个工作的人都感觉有在老山前线战斗时人的英雄气概。

终于完成了一切，我又往家赶，电话打不通，不知道娃娃怎么样了。这个时候老公的消息突然来了：老婆，你和娃娃怎么了？我担心你们得很，电话一直打不通！我赶紧发了个消息，还好，消息总算回过去了。后来老公告诉我，他当时正在飞行中，突然雷达中传来成都地震的消息，喊他们就近找个机场迫降。起初他还不相信，后来猛然想起家离成都这么近，马上陷入恐慌中。

正在这个时候，孩子和她的好朋友及他的爸爸妈妈回来了，我们都住一个小区。原来他们把车子开到乡下避难去了。小区所有的人都聚集在一起，相互打听着消息，关心着收音机里的每条讯息。每个家里的窗户都开着，可每个人心里都被不可预知的未来禁锢着：明天又是什么样子呢？

到十二点了，没有人回家里住，街心花园里搭起了很多帐篷，街道边出现了很多地铺。这个时候朋友的电话陆续打进来了。朋友们开车把我和娃娃接到彩虹桥公园，那里已经给我俩整理好了铺位，原来刚才为争抢位置还有人打了架。余震不断，我不敢睡觉，广场的吵闹也让习惯安静环境的我无法入睡。老公手机一直没关，不断发消息过来安慰我，他也一整夜没睡觉！

"5.12"大地震，一曲生命的悲歌！每当回想起我去过的北川的每个角落，每当想起羌族人民留给我的美好记忆，每当看到那些鲜活的生命在历史的天空中成为了流星，我的心底就在哭泣，只希望羌族民族的精神和文化永恒，那是他们的灵魂！只希望我们珍惜自己的生命，让我们在不可知的自然面前拧成一条坚韧的绳，让我们在茫茫的苍穹间，使人间多一分温暖，多一点亮色！

· 情系藏乡核桃

这是拉萨昌都市八宿县尼巴村一个独特的八月的午后。

周围高山两相对峙，山峰如削；溪谷泉流淙淙，密林暗香幽幽；四围如聚，藏寨星罗棋布；金阳翻过山坳映照过来，光芒四射！

尼巴村二十三户人家一百一十八人齐聚村委办公楼后的核桃树下，阿妈和阿爸们带来了自己舍不得喝的酥油茶和青稞酒，还有珍藏已久的哈达，恭迎着远方的客人。西藏作协副主席白玛娜珍带领全国八名作家，一路辗转，紧贴怒江悬崖峭壁步行五个小时，又搭乘尼巴村小伙子的摩托车一个多小时后，才走进这藏家深处。

一时间，歌声飞扬，舞姿翩跹。藏寨男女老幼皆是大山的歌者和舞者，他们用最虔诚的心，表达着自己最真挚而朴素的情感。山风吹来荞麦的芳香，也送来马儿的响铃声。面对他们，我不禁情动：尼巴村的父老乡亲们，我的心在和你们一起跳动！

翌日，当村长扎西顿珠搭乘摩托车上来，把随行记者小张进山时不慎掉在山路上的钱包和笔记本电脑等物件专程送回时，当他送来小伙子们花一天时间骑行摩托车到八宿县城为我们买回的几斤牛肉时，当我听白玛老师讲述村里赖以生存的经济基础就是山野中那一株株茂盛核桃树上的秋收之果时，我暗暗发誓：一定要尽我的所有力量，帮助他们卖核桃，尽可能给他们的生活多增加一丝亮色。

回到四川南充，转眼已是十月，白玛老师告诉我，尼巴村的核桃已经成熟了，村民们正在采收丰收的果实。闻讯后，我随即在南充散文学会微信群和孩子就读的南充十中家长群告知了这一讯息，并倡议作家和家长们奉献爱心，没想到得到了他们的积极响应，短短一天时间，就收到核桃订单七百斤。这给了我极大的信心，当即与顺庆区企业协会会长、南充作家彭小平联系，希望得到他的帮助，听我讲述尼巴村的故事后，彭总也一口应允了。

顺庆区企业协会发出爱心倡议，南充作家和十中家长们也在不断增加订单，十一月初，核桃订单达到五千斤！我把喜讯告知了白玛老师，她立刻马不停蹄地联系好了运输车。这五千斤来自高海拔雪域高原、地球第三极的野生核桃，从尼巴村到八宿县城，再穿过川藏线，翻越千山万水，躲过塌方、泥石流等巨大危险，在大雪封山之前，在十一月八日顺利运到南充。我不禁喜极而泣！

第一次当商贩，做不赚一分钱的买卖；第一次和货运物流公司打交道，因为物流车太长进不了城，核桃到不了彭总的公司，我急得哇哇大哭……但最后抹掉眼泪，一切问题还得解决。经过协商，物流公司找了两辆车，终于在九日十点三十分把核桃拉了过来。等候多时的人们喜出望外，当市工商局的质检人员当场验货后宣布这是合格的野生藏地核桃时，在南充市顺庆区企业协会办公室外面，整个农科巷都沸腾了！

大自然恩赐的世外桃源的百年古树上结的核桃您吃过吗？我要骄傲地告诉尼巴村，以后的核桃再也不愁销路了，每个村民都可以高高兴兴地过一个好年。这么多人认知了体味了，这是我今年西藏之行的最大收获！

我第一时间发布了这个微信，并得到了亲人和朋友们的鼓励与支持。南充摄影家唐玲也发了微信：这是我身边的故事，话说咱南充女作家安音，在前往西藏山区采风的过程中，发现当地交通闭塞、民风淳朴，唯一的经济作物就是高山雪水滋养的核桃，为了赶在大雪封山之前把核桃运出来，于是从未做过生意的人发起了暖冬行动。今天我收到了来自雪域高原的核桃，做了一盘琥珀桃仁，又香又脆！安音，明年继续！

那我就借用作家朋友们的词句，留存这永恒的爱吧。不忘初心，明年还会延续这一活动。

南充散文学会作家杨晓琴倾心而作：一个女人的一次行走，铸就一场爱心之旅。西藏昌都八宿尼巴村，一个仿佛远在天边的村庄，它的名字被安音一次又一次提起。当看到一袋袋上面写着"桑央""顿珠""多吉"的核桃时，我感动得无以复加。这些尼巴村的核桃，如它们的主人一样，走出大山是多么的不易！到达巴蜀南充，我不知它们越过几重山，涉过几条水，是否遭遇冰雹、泥石流，抑或大雪封山？它们半道上是否犹豫过、徘徊过甚至想放弃过？尼巴村核桃之旅，温暖的不止尼巴村民，还有你，还有我！

·这年,温暖如春

"年关到,年味浓,回家,去与春天握手言和!"

腊月十七,周末。睁开双眼,习惯性打开手机,浏览微信,"重晚副刊群英荟"微信群迅疾跳出这段话,发言人是常客(微信名)、老虎来了(微信名)。我突然来了精神,赶紧点开群主重庆晚报副刊部主任胡万俊的微信,果然看到我的《年关》,而《年味浓》《回家》《去与春天握手言和》分别是另外三个女作者万承毅、刘雪燕和阮洁的文章。《年关》结尾:"我在城市的高楼,凝望遥远的故乡,不得不把尘封已久的岁月胶片,抖落一地的尘埃,重新在纸上播放出来。就让乡音和乡情,永驻心间,永不消失吧。"著名散文家邢秀玲大姐给我发来微信:你们今天的文章配合得太好了!自从结识她后,我的每一条微信,都留下了她的痕迹。霎时,《年关》的思绪就像家乡的冬雪,晶莹了我的眼眸;而常客老师的精彩点评则让浓浓的乡情温暖了我的心怀。

巴山蜀水,故园别情。

一条江流过蜀地,流进渝州。这边是我家,那边是故乡。

我住嘉陵江之中，根在嘉陵江之末。我时常东望，从江中打捞梦中的故乡。"君自故乡来，应知故乡事。""君"是一页纸，是一缕情，它有一个大气敞亮的名字，曰"重庆晚报"。这份报纸，像蝴蝶般飞过嘉水，逆流而上，栖息在心灵，牢牢地粘住了我念乡的情怀。它还有一个温暖的名字，名"重晚副刊群英荟"。这年冬天，山城的雪花飞进群，引来人们吟诵歌咏，煮雪烹茶，不亦乐乎，其中豪迈奔放的歌尤其助兴；这年夏天，奥运的圣火点燃人们的激情，有关西南大学健儿勇夺金牌的消息就像海浪，掀起高潮……

诚如《秋风吹过的村庄》这本书，时时叩动人们的心怀。由西南大学出版社公开出版发行的《秋风吹过的村庄》，荟萃了2016年重庆晚报副刊的所有优秀作品，也云集了山城各路写作英雄豪杰。当这本书裹挟着江风来到手里时，故乡的影子顿时浮现在我脑海，老树、炊烟、河流、山川……首发式上，身在现场的姐姐特地让每一个亲临者给我签了名，我惊喜地读着一个个亲切的名字：黄济人、王明凯、许大立、张华、陈益、陈广庆、夏夜、谭萍、程华、二月蓝、程彧、阿圣、熊明国、张天国、施迎合、郑洪、罗毅……有一种回家的感觉，真好！

一字一墨香。多少家乡事，多少情与爱，都在行里间。每天品读这份报，就像大快朵颐妈妈做的年夜饭，有声有色，有滋有味。每天都等着有"勤劳小蜜蜂"之称的责任编辑陈广庆老师和特约编辑程华端出一道道"菜肴"，每一道"菜肴"都有一个精心配料的"大厨"，每个"大厨"，都有一颗火热的心，时时烹调出重晚群英荟的故事大餐,像山城的老火锅,热辣醇香,其间的情节就在锅里翻滚、熬煮,绵密悠长。

"这个冬天,重庆很温暖,谢谢重庆晚报的深情厚谊,孩子病情稳定了。"这是2017年元旦节期间,我收到的来自云南红河日报的记者胡彦辉发来的短信。事情还得从头说起:2016年10月29日,云南蒙自作家胡海舟帮朋友胡彦辉发了一则求救信息在我的微信群里,大意是云南红河八岁男童桐桐突发重症,经红河州第一人民医院抢救,初步诊断为病毒性脑炎,并连夜转至昆明市儿童医院急救。桐桐在昆明市儿童医院ICU重症监护病房治疗后,仍然处于高危期,重度昏迷,高热不退,间歇性抽搐,需要急转重庆儿童医院,其间不能有稍许的耽误。桐桐父亲胡彦辉向社会发出求救信,希望重庆儿童医院有个好的回应。

"我一直坚持认为本群人员,无论'将军'还是'士兵',均应亲如兄弟姐妹。"这是群主胡万俊的初衷。是的,傅天琳、吕进老师等,在群里就如同哥哥姐姐般亲切,而当我把这条信息转到微信群后,更没想到立刻引来大家的关注。蒋登科教授、彦如、雪梅、罗杨,等等,都用心用力帮忙联系,大爱无边。渝北的汪应钦一会儿就给我发来微信:"已转ICU主任评估。"重庆儿童医院很重视,为此专门研究了治疗方案。当我把这一讯息及时传到云南时,胡彦辉简直不敢相信自己的耳朵,重晚副刊微信群也沸腾了。"这群温暖得像春天。"常克老师说。

群成员用一件件温暖动人的事实论证:"这是一个虚拟而又实在的群体。这是一个温暖而又充满诗意的所在。"就像西南大学郑劲松在重晚副刊群英荟一周年之际写的那样：一年四季，温润如春，慢慢地陪着你走。

　　冬天渐行渐远，春天快要来临，年的脚步也越来越近。遥想故乡，我突然决定：年关到，年味浓，回家，去与春天握手言和！

·人到中年

仿佛就在一转眼间,人到中年。不管承认不承认,已经是铁定的事实了。

虽然有太多的不舍,太多的不安,太多的焦虑甚至对岁月的恐惧,时间还是像车轮一般不由得你思想和顾虑,自己往前滚动着。

所以唯一能做的事情,就是闭上眼睛,与岁月同行,并且歌唱着。

不能太看重金钱了。没钱是不行的,但是钱太多了就是负重了,我以为是这样。所以老公打电话征求我的意见,珠海一家航空公司欲出重金把他聘去,先送到美国培训一年再说。我眼睛一翻:不去!真的不去,我不想当富婆,也不想住进大别墅开大奔驰,我所需要的,是那种真实的能看得见情感的生活,比如我感冒了有人递过来白开水,我生气了可以找个出气筒。

不能太挥霍健康了。身边的亲人和朋友,走着走着就不在了。就在今年春天,我眼睁睁看着几个熟人和自己的哥哥离开了世间。还有什么比这个更让人感怀?世间除了生死,其他都是小事。这是我现在唯一理解的对健康的概念。珍爱自己的身体,也就是珍惜家里的亲人，对家人负责。

不能太计较得失了。所谓的功成名就和名利欲望，在生死面前，又算什么呢？该来的来，该去的去，得之我幸，失之我命。不再忧郁和伤心，也不再抱怨什么。每天，我都是开心的，快乐的，这就够了！

最后明白自己，只有在家里，才是核心和最重要的。谢谢老公二十年的相陪，一直纵容着我的缺点；谢谢孩子的乖巧和懂事。我是这样的爱着生活，爱着自己和家人。

就这样优雅地与岁月一起，慢慢老去！

·珍惜每一天

春天的花开了,春天的风在吹。春天的讯息从各个角落各个空间渗透到每一个人的每一个细胞里。

花在笑,草在生,鸟在鸣,人在闹。

早晨醒来,看阳光暖暖铺满窗台,多么幸福和快乐。

晚上,却久久不能入眠。我想那一阵那一刻,肯定有很多人在聊微信,在玩电脑,在嗨歌,在打麻将,在喝酒,在跳舞,在打架……

看着我微信上一个朋友永远也不能闪亮的头像,看着时光凝滞在他47岁的年纪,我经常心像被掏空一样痛苦和难受。其实我从未曾和他谋面,他是一个山东杂志的主编,我们只是在过年过节时互相问候,但是谁能理解在元宵节还能给你发祝福,却在第二天就突然走到另一个世界去的痛楚呢?生命就是这样,有时你觉得无比强大,其实有时它就是一粒沙、一滴水、一个瞬间就可破灭的幻梦。而就在这个冬天和春天,我走了两个亲人,两个熟人。一个90岁,一个45岁,一个47岁,一个50岁。

90岁的是我大姨,过着简单的生活,有着简单的心境,每天自然晒着阳光,种着花草和稻粮,是个农民。

三个中年的男人比较成功,事业地位都不错,不知道是生活的压力压垮了他们,还是心里的欲望澎湃了他们的心境,终至于那么早就崩溃于世间?

这个春天,我一直思索着这样的事情。

第二辑

木：草木春发

·走进春天，与快乐同行

当春风徐徐吹过来，阳光暖暖地照着这片多情的土地时，冰雪消融了，种子破土了，风筝高飞了……

听着淙淙的流水声，听着小鸟的啁啾和春燕的呢喃，呼吸着泥土的芬芳和花草的清香，远望黛绿的山峦和湛蓝的天空，吟诵着诗人笔下关于春天多情的诗句时，你快乐吗？

是的，滚滚红尘给予我们太多的梦想和追求，精神的和物质的。但物质的欲望更像雾般遮住了我们的视野。我们不停地追逐着，奔跑着，夸父追日般执着和坚定。

于是，尘世中的烦恼纷扰着我们的心绪，丝丝缕缕，学习上、工作中、生意上……什么时候我们丢失了精神和心灵中的芳草地，我们不知道！

走进春天吧，去看那倾听着的山和欢唱着的水，在时空的滚动中岿然不动，显得那样宁静、淡泊和快乐！让烦恼随云烟消散，我们的心就会是快乐的。快乐着，就是生活给予我们的珠贝，不要等老了，才在生活的大海中打捞！

· 风景在一步外

我从市中心的报社调到郊外的市旅游局上班三年了。我在办公室一推开窗户就能看见背后数尺开外的树林。

每天从戒备森严的保安身边经过,然后进自己的办公室。就这么一天天过去。

很多时候,我都想趁间隙出去走走。但是前面是庄严的政府广场,后面又是这么一大排修葺一新的树林。

常常觉得无处可走。

就在昨天,我突然萌生了一个想法:大楼背后的树林后面又是什么呢?

天气很好,我从右面拐进树林。

我惊愕得差点跌倒。天,树林后面是连绵开去的丘陵,看不清远处究竟在哪儿!但那纵横交错的阡陌,那漫天飞絮的茼蒿花,那摇曳生姿的野树林,让我的心兴奋得差点飞跃出来。同时我深深地懊恼:我竟然在前面的楼里呆了三年而不知道它后面有如此美好的一个地方!

人生很多时候，是不是就在一步之外的地方错过了很多美好的东西呢？

好在我终于发现。为时不晚。

·青居记忆

今天我走进了高坪的青居镇。正是橘子红了的季节。

去的时候从嘉陵大道直到青居镇。记忆中几年前带领央视"远方的家"栏目组到过这儿。跟着导演和主持人一起选材的情景又浮现眼前，很亲切。

青居镇有着很美好的名字和传说，傍依着烟山。而青居烟树又是南充古八景之一，心里更多了些别样的情怀。想那天下第一曲流于此，锁住了嘉陵江的情感。传说中的拉纤人早宿青居和暮宿青居的神奇故事，更是让我无限神往和想象。

如山的橘子堆积在果农的院子中，抒写着丰收的喜悦和自豪。太婆站在院子中，脸上的笑容就像橘子的容颜一样红润和美丽。我穿行在万亩柑橘园中，仿佛走进绿色和红色交织的海洋，不想出来了。红色的是果子，金灿灿地挂在枝丫中，晶亮着我的眼神。绿色的是叶片和脚底重生的新苗，像母亲熬煮的鸡汤，熨帖着秋冬焦躁的心。

在江边走了一圈。水潺潺地流，清凉玉润。这是嘉陵江水。古码头无言，在江边落寞地守候着。大雁飞过，许是醉心于野渡的故事，竟然大乱方寸，歪歪扭扭地从我头上飞过，牵起我无限的思绪和惆怅。

钻出柑橘林，在农家里买了土鸡和土鸭蛋等，欢喜无比，打道回府。想着那太阳的味道、橘子林的色彩、飞鸟的身影、欢喜的打鱼人、江河的涛声，何尝不是生活汇聚而成的五线谱，谱写出了生活欢快和幸福的乐章。

·走进相如故里

因为工作的原因，我曾数次到过蓬安县周子古镇，但是这天和家人一起，参加一个生活俱乐部组织的以"南充人游南充"为主题的自驾游活动，却是别有一番趣味。

当天上午，22辆车齐聚高坪，宛如长龙一般蓄势待发。车友们年龄段不一，上至耄耋老人，下至嗷嗷待哺的幼子，人人脸上都挂着轻松愉悦的笑容。10点整，组织者汤总一声令下，"长龙"按序出发，"游"往蓬安。

正值金秋。天气舒适宜人。远山错落有致，稻禾蓬蓬勃勃地生长着。车队在风景线上游弋着，前往蓬安河舒镇。

我一路观花赏景，久居城市压抑的心情也随着田野袅升的炊烟释放到蓝天碧野。多年前曾吃过一席河舒的豆腐全宴，蒸、煮、煎、炸，菜品无一不香，宴席场面至今还在我脑海萦绕。

中午时分，到达河舒镇。找了一家以豆腐王总店命名的店堂坐下。大家都很兴奋，各自落座后，都毫不客气地豪饮起来。几杯酒下肚，互不相识的人之间也都没有了距离，同城和同游之间的缘分增加了彼此间的亲近感。因为没有了虚伪的逢迎和客套，这饭就吃得愈发的尽兴和热闹。虽然没有多年前我吃的豆腐全宴那般精致，但是这餐饭却深深烙印在了我的心海。

午后，"长龙"昂首挺进中国最浪漫的休闲家园——嘉陵第一桑梓蓬安周子古镇。嘉陵江水从陕西秦岭涓涓淌出，一路纳溪成流，蜿蜒逶迤而来，至此徘徊踯躅，欲走还绕，把一段秀美的身姿留在此地供人景仰。我眼前顿时幻化出一幅古风古韵的画面来：一袭白衣素裳的唐代画圣吴道子神情淡定自若，伫立于古镇之巅，就在一挥毫泼墨间，早有嘉陵三百里风光图惊现世人面前。岸边花红胜火，那是正开得如火如荼的芙蓉；江中湿地公园郁郁青青，它用逼眼的绿一年四季涂抹着古镇的画色；一叶帆船漂过，惊醒小鱼跃出江水的同时，也把浪漫安逸的家园驻守进了古镇人们的心底。周子古镇赋予嘉陵第一桑梓更多的涵义与意义，这也是西汉大辞赋家司马相如的故乡，他和卓文君的爱情故事，至今还在嘉陵江边的这个城市吟唱着。

小孩们欢呼着雀跃着扑进它的怀抱。在高高的门牌廊坊下，大家相互合影，都想要把身边的美景和身边的人相拥入镜。第一次和夫一起走进古镇，别样的情怀也一直充溢着我的心怀。我们结婚二十载，一起走过岁月，走过风雨，彼此珍惜，心中充满回忆。尤其是走到夫妻树旁边时，看着皂荚树和榕树一副水乳交融的样子，我不禁想起舒婷的诗句："根，紧握在地上；叶，相触在云里。"树下锁满了同心锁。想来七夕的晚上，一对对两情相悦的人儿，漫步在蓬安周子古镇里，天上的牛郎和织女，也一定会为人间这美好爱情祝福和祈祷的!

周子古镇依山而建,蛇般游弋而来,至江边的财神楼,吸水蓄养。小镇的美食吸引着人们眼球的同时,也极大地满足了他们的胃。姚麻花、热锅盔、冷凉粉……慢慢品尝,细细观看,古镇更像是一个小家碧玉的少女,掩纱含翠,只在青色的石板街面和褐色的木头屋檐一角,露出些许的风情和韵致来。

难怪周敦颐会在此沉静下来,著书讲学。在濂溪祠,虽然荷花已然过了它怒放的季节,藕节却在秋天的荷塘里隐隐约约露出风姿。莲之爱,我更爱它深藏于淤泥之下的品格和高洁。也许就如同这祠堂里的主人,只把他一身的风格和品节,留待后人评述和敬仰!

下午3时左右,太阳出来了,暖暖地照着江面。车队沿嘉陵江边缓缓驶行,到了油炸沟。别看这个地方很小,它却有着嘉陵江上最壮观的一幕画面:每年4月至10月的早上8时许,江中名叫太阳岛的青草就会吸引周围上百头牛争渡。那争先恐后、拖儿带女的场景,吸引了无数的游人和国内外各大媒体记者争相前来观看和报道。此时已近深秋,江水温度下降,牛儿不再渡江,只见它们在太阳岛上悠闲地晒着太阳,踱着步,嬉玩着。与太阳岛相守的,是下面的月亮岛,寂静的江面上空,野鸟们在低空徘徊飞旋。

我想起了《走遍中国》栏目组温普庆导演说过的话:"我只想搬一把竹椅子,坐在周子古镇的财神楼下,看江水缓缓东去,看野鸟翩飞,看渔舟驶过……"这是多么动人的画面!

下午 4 时，车队集合。踏上归程。我想，此次南充一日游，人们在乎风景的同时，更在乎的是人与人之间的距离又近了一步，难道这不是更动人的风景么？

·兰渝之恋

在梦中,我变成一只鸟儿,借助东风,翅膀掠过巴渝古国的千山万壑。就算尖刺的莽林划破了我的脸,洪荒蛮夷的大地浑浊了我的眼,纵横交错的时光让我疲惫和沧桑,也不能让我停止追梦的信念,不能嘶哑我高亢的啼鸣。我衔来了江南的雨润和清流,还有青葱的种子,纵然脚步踉跄,也要在大漠之外的西北停驻,植一朵美丽的兰花,让它在陇地婉约开放!

在梦中,我是一匹塞外奔驰的骏马,蹄步声声,昼夜前行,尘土飞扬。哪怕荆棘密布的坎坷会让我迷路,猛虎雄狮毒蛇出没的森林会让我流血,任凭风雨雷电和风刀霜剑的威逼,这都不能阻挡我飞跃的身姿和雄壮的心魄。我要在橘子花开满的山头,在江水滔滔的渝州,倾入塞外的风情,聆听塞外的故事,使之一同交融,一同风雨,一同等候,一同成长!

梦醒处,我行走在荒无人烟的高原,从青海到甘肃,再到宁夏腾格里沙漠,沿着母亲河——黄河向下,一点点的绿色都会让我心动不已。车过甘肃,炽热的太阳明晃晃地挂在天空,燥热的风很快就吹干了身上的汗。车窗外,山们一座紧挨着一座,起伏逶迤,那砂砾堆积的身体赤裸着,仰首苍穹,问鼎日月。零星生长的草木很快淹没在无垠的沙海中。其后甘肃境内辽远的旷野满目荒凉,稀松的树点染着高原的色泽。看那树的生长也是一场与自然的博弈。在裸露的岩石边或者沙尘地上,没有南方雨润丰泽的阔叶,偶尔瞥见几株矮小瘦弱的杨林或者沙枣树,只把针尖状的叶心指向黄土,勇士般呐喊着、挣扎着,想要灿烂出一点生动的颜色。我仿佛听见它们的声音,我的思维也在不断跳跃:它们耐热,耐旱,不需要很多的养分,却能给予这方天空一点真情一丝温暖。远处有正在修建铁路的工人们,这是不是那些常年坚守着这块土地,并且一代又一代把鲜血和汗水洒在这里的建设者们的灵魂在歌唱呢?

一梦数千年啊!渝州至兰州,像两相仁望的小伙与姑娘,痴情守望,诉说衷肠。

碧波荡漾的嘉陵江宛如丝线,串起他们无限的相思和深情。这涓涓泉水源出巍巍秦岭,一路南下,纳溪成流,汇聚成川,流过广元昭华古城后,拥青藏高原南麓跋涉而来的白龙江和清江入怀,与四围冀山深情相望,恋恋不舍到苍溪。许是红军泗渡的涛声惊醒了她的梦,江水缓缓而下,蜿蜒而至阆中古城。此时武胜龙舟千年的竞渡声又撼动了她的心魂,在合川丰盈了涪江和渠江的念想,积淀了"上帝之鞭于此折断"的英雄故事后,她才笔走龙蛇般在滩涂与山川之中游弋,终在朝天门以优美的身姿投入母亲长江的怀抱。

她对母亲描绘着敦煌壁画的辉煌和艳丽,飞天反弹琵琶的婀娜和娉婷，张掖红土地的宏伟和壮美，古老丝路的绵软和张力；她讲述着广元剑门关的险峻和奇特，武皇故里的神秘和多情；她吟诵着阆中华美的诗句，蓬安司马相如千古卓绝的赋词；她惊骇着合川钓鱼城悲壮的历史和不老的传奇……

别梦依稀，我伫立在嘉陵江最柔美的地方——南充高坪区青居镇的果州之园。那湾江水清澈得像一块碧玉，水波不兴，温柔地绕过山峦，湿湿地浸润了我的心灵。我屏住呼吸，嘉陵江跳动的脉搏仿佛触动了我的心灵！但凡有江河润泽的地方，一定是人杰地灵的。

这条江竟然让我这个重庆人如此魂牵梦萦。我爱她的绿，她的柔。我想探寻她的过去，我想描绘她的未来。我想象着她一路奔腾而来的经历和样子。她是怎样从秦岭涓涓而出，流过米仓山的古栈道，流过武皇故里的昭化古街和红军渡，流过阆中的古城和锦屏山，流过周子古镇的相如长歌和濂溪祠，流过合川的钓鱼城，流进长江的朝天门……她分明就是一首奏响在华夏西部的钢琴曲，飘扬在高山与盆地和丘陵之间，时而激昂时而舒缓，时而欢快时而低沉，就那样憧憬着海的梦想，逶迤而来。

是天人合一的昭化和阆中古城赋予女性的柔美和秀丽了吗？抑或南充青居古镇的烟树婆娑了她的情影？一定是嘉陵江第一曲流锁住了她的情感和心灵。要不为什么她把最柔美的身段留在了南充呢？我时常伫立在南充嘉陵江大桥上，用欣赏的眼光审视着我的第二故乡，她在日新月异地变化着、发展着。我清楚地记得，我1995年随夫第一次回南充，那时候婆家住在北湖公园后，有高高的围墙遮拦。偶然可瞥见墙内菊花正灿然地开放着。"北湖以前是农田，小时候我们经常去抓鱼、采莲。"看见人们在公园内舞剑打太极，先生不禁感叹道。穿过市宁安巷，迈过几条胡豆花盛开的田埂，至正在修建的火车站。"南充马上要通火车了！我以前在北京上大学还得跑到成都去坐车！坐汽车也要七八个小时呢。"先生既怅惘又很高兴地说。转过火车站，淌过一湾水田，钻进茂密的柑橘林，隐约可见西山翠峰挺拔于城市之际，如一道天然的屏障护佑着生活在这里的人们。

大河无言，苍山无语，但有一群人的青春可作证！

2015年8月26日下午3时许，四川五军老战士铁道兵成都联络部的一群老人们，冒着酷暑，着一身挺阔的军装，树一个硬朗的身姿，迈着整齐的步伐，唱着庄严雄壮的国歌，走进了川东北这个钟灵毓秀的城市，走进了当年他们倾洒心血和汗水的地方——南充。他们敞开铁道兵宽广的胸怀，在火热的八月，捧出一颗赤子般的心灵，献给了足下这片多情的土地！汗水打湿了他们花白的眉发，却凝结了他们愈加浓烈的情怀，这是老一辈铁道兵们对山川的深情，这是老一辈铁道兵们对大地的厚爱！

"我们就是想到当年修建铁路的地方走一走，看一看，看看它们的变化。"老兵们的领头人刘老师对我如是说道。军装是他们自己花钱买的，走过的每一程都是自费的。我不知道，当南充接下老兵们对这片土地的深情厚谊时，多情的嘉陵江水有没有哽咽？但我是眼含热泪对着他们整齐的队伍深深鞠了一躬的！

自古江山代有才人出。不知有多少这样默默无闻的铁路修建人，倾尽自己的热血和汗水，才让兰渝铁路飞架于千山万壑间，使之成为一条新的沟通祖国南北的大动脉，让南方的雨露滋润北方的机体和面容，让北方的风情和雄浑丰满南方的魂灵。

·草木药香

初夏，田野葱绿。我带着女儿，在田埂上，搜寻记忆中的草药。看到蒲公英了。

叶片淡黄，茎细长，顶一朵毛茸茸的花。我欣喜地蹲下身子，教女儿抚摸它的叶子，与它认识。乡野这本书，隐藏着城里孩子们不可知的许多秘密，我很想女儿打开这本书，而草药只是其中一篇。

我小心翼翼掏出蒲公英的根，但是它的花朵却随风消散了。女儿很失望，有点伤心。"那是蒲公英的孩子们，它们落地就会生根发芽的，明年就是一朵朵小蒲公英了。"我安慰女儿。女儿转忧为喜，我的眼睛却红了。

我想起了年逾七旬的母亲。我们就是那些落地生根的孩子，可却总是与她分离。哥哥离世了，我在异乡工作，只有老家的姐姐陪伴她生活。

孩提时代，每到春天，阳光明媚的时候，母亲就会提上竹篮，领着我们几姊妹到山野搜寻蒲公英。"灯笼草（重庆乡村对蒲公英的别称）可以打毒，你们几个吃了身体好，不长疮。"我们坚信不疑。母亲的脑袋像一个乡村宝典，装满朴素的思想和知识，虽然她大字不识几个，却熟知田间地头的一草一木，一花一果，哪些吃了可以清热，哪些吃了要上火，哪些吃了补人……外婆娘家是有名的大户人家，外公也是一个小土豪，母亲算得上有见识的女人，这从她不俗的嫁妆可以看出来。我家卧室有个很大的樟木红箱子，是装衣服的，箱底放着很多胡椒，可能是母亲当新娘时就带到婆家来的。反正我记事时起就爱去抓那胡椒，一颗颗放手心里，滚来滚去。母亲总是在大雪纷飞的冬天，抓几颗胡椒砸碎了，撒在狗肉汤锅里。而我们几乎每个冬天都能吃上狗肉，因为母亲总是五更天就起床，方圆几公里地去搜寻被人炸死的野狗。上苍总是不愿辜负这一个中年丧夫，又独自带着几个孩子艰难过日子的妇女。

即便如此，每年腊月，母亲是一定要杀一头猪的，一半给国家，一半留给自家吃。除夕日和正月初一，这两天是我最幸福和快乐的童年记忆。因为母亲做的丰盛宴席，我常常吃撑了肚子，打嗝、拉肚子，一下从幸福的巅峰跌落下来。母亲就会抡起锄头，到山上去挖一种叫"隔山撬"的块根状物品，拿回家洗净后，放在碗底用手慢慢磨碎，然后和汤汁喂进我肚子。这东西真管用，喝上几次后，我就活蹦乱跳的了。

母亲怕春天。这和我有关。小孩淘气，春天一到，太阳出来，我便迫不及待脱下棉服。家里困难，母亲总是把姐姐穿过的旧棉服缀上补丁，又给我穿，这点我很不愿意，所以总渴盼冬天快过去。脱下棉服的我白天在地里疯跑，晚上趴在灶台上看母亲用丝瓜茎洗腊肉，然后和绿豆一起熬煮，等待第二天的美味。绿豆是秋天从自家田边地角采摘的，每年都会种植好多，枝枝蔓蔓地，和南瓜藤相互缠绕着，南瓜绿豆汤也一直支撑着我整个秋天的胃，秋燥，被这些毫不起眼的土产品吓退得无影无踪，而我被乡野菜蔬草药滋养的胃就等待着冬天的狗肉、初春的腊肉眷顾。趴在灶台上的我很快就睡着了。

怪兽、巫师、风云……我仓皇地奔逃，大声地呼喊，我想逃出重围，却怎么也迈不开步。就在无奈、绝望和痛苦像丝一样缠住我时，一只温暖的大手拍醒了我，睁开眼，母亲正焦急地站在床边，手里端着汤药。"你发高烧了，说好多胡话。"阳光从屋顶玻璃亮瓦映射进来，也照着母亲红红的双眼。母亲找来墙上的艾草，每年端午它们都会挂满门楣，成为我家一年的风景。母亲点燃艾草，熏了我发烫的额头，然后叫我喝汤药。这是她清早去采摘熬煮的，有紫苏叶、橘子树皮、侧耳根等，我一直想把这个方子记下来，可是大学毕业在城里参加工作，然后成家立业，远离乡村，远离母亲，竟然一直未能遂愿。

那次，喝了母亲的汤药，蒙着被子大睡一觉，出了许多汗，翌日就好多了。还有点咳嗽，母亲又摘回癞格宝（重庆乡村对蛤蟆的称呼）草，给我炒了鸡蛋吃。母亲说父亲常年奔波在外，一心帮老百姓办事，有一次感冒拖久了没得到及时治疗，落下了支气管炎，母亲就是用这种草药治疗他的咳嗽的。父亲最后病逝于肺结核，但是癞格宝草炒蛋治疗咳嗽却一直家传了下来，多年后先生患急性支气管炎，我曾开车到很远的郊外采摘回给他吃。

几天后我病愈了。母亲吆喝我和哥哥姐姐，一起到乡野采摘蒲公英。她要在这个春天，用这种草药把我们身体的毒都打尽，以此安安心心过好这一年。春天的原野生气勃勃，胡豆花、豌豆花、油菜花开了，青草可劲儿生长，泥土的芳香沁人心脾。每发现一株蒲公英，我都激动不已，我常常吹散它顶端的白色花朵，看毛茸茸的种子四处飞散，期待着小蒲公英们的生长，期待着来年一家人的采摘。

乡村的孩子就像蒲公英一样，落地就兀自生根发芽，蓬蓬勃勃地生长。我到重庆上大学之前，从不知道输液为何物，整个童年少年期间，除了几次特别重的感冒，到乡卫生院打针吃药外，几乎都是母亲的草药给治疗好的。今年春节，正上高二的女儿患口腔炎，牙龈肿得厉害，我先到楼下药房买了黄连上清丸，她吃了一天没效果；接着又去买了消炎的西药，还是未好转；再带她去川北医学院找专家开了药，她还是喊痛。眼看国外的旅游行期将近，一大家人聚餐时，亲人们七嘴八舌，有的喊她快去输液，有的喊她每天吃这样或者那样的药，让她愈发焦躁烦乱。

女儿的这次生病不禁引发了我对母亲那些草木药的怀念，春天一来，我便开车载着她来到山野，搜寻记忆中的蒲公英，同时也想把母亲给我治疗感冒的药方找齐。我在给女儿讲述外婆的故事时，更希望女儿的内心能够纯净，像这春天的原野一样生动自然。因为我的母亲本身就是一株蒲公英，素朴芳香，她用勤劳和智慧，洗净我们内心的杂念，让我们健康成长至今天。

· 马兰花开

岁末，时令大雪。朔风呼啸而至，望长城内外，华夏大地白茫茫一片。山不言河不语，鸟儿飞绝，虫亦无声，了无人迹，仿佛天地封冻。

一个人，静静地，围炉烹茶，手捧卷本。书韵悠悠，茶香氤氲，火苗图腾。古节气令曰：大雪有三候，分别为鹖鴠不鸣，虎始交，荔挺出。"荔"为马兰草即马兰花，还有马莲、旱蒲、马帚、铁扫帚等多种称呼，又俗称台湾草。据说它来源于台湾省，耐寒，耐旱，同中国东北的乌拉草和南美的巴拿马草齐名于世，被称为世界上的"三棵宝草"。

看窗外，雪花漫天飞舞，仿若白色的精灵，来自天宇，铺陈山川五岳，又潜入大地，涵养旷野。大地银装素裹，河面冰层在加宽加厚，树们看不见风姿，花木失却了颜色，天地间，一切静寂。可室内，沸腾的茶水却撩动了我的心思，想想在这静寂的白色天地中，在厚厚冰层的桎梏下，却有一股不可挡的热潮在涌动，那就是"荔"（马兰花）在汲取着天地精华，感受着春天的召唤，努力挺出冰天雪地，以待芳华再现。我的视线不禁随雪花无限延伸，思维和想象的空间也由此拓展开去。

去年春天，我行走在宁夏大地，走进了最能代表"江南梦里水乡"绰约风姿的塞上著名湿地公园沙湖。

"水光潋滟晴方好。"正午的阳光暖暖的，沐浴着公路边盛放的沙枣花，袭来醉人的馨香。和风也送来鱼塘略带腥味的空气，融入我身心的便是鱼米水乡的家乡情。我贪婪地注视着眼前的一切，绿油油的包谷林，才露尖尖角的小荷……风吹叶动，忘记了风沙的侵蚀，忘记了荒漠的刺痛，只想朝着前方自由游弋的蓝天白云奔跑，融化在这一方天地中。

白云下面就是沙湖了。

湖边有一蓬青葱的草叶，尖尖的，密密的，连成片，中间是蓝色的小花朵，犹如星光般点点闪烁。"那是什么花啊？"我不解地问，"马兰花！"本地人说。它居然是马兰花！我俯下身子亲吻着小花朵，像久违的亲人！"小皮球，香蕉梨，马兰花开二十一，二五六，二五七，二八二九三十一……"我手拉皮筋一边蹦跳着，一边歌唱着，这是童年的记忆，很温馨。那时候的我做梦都不会想到，在南方的竹林里唱着马兰花的我，有一天会到北方宁夏荒漠之地和它梦圆！

我的心灵顿时温润如玉，仿佛有一丛丛翠绿的马兰花在生长、在簇拥。那天我走过沙湖的栈桥，你能看见的是什么景致？是几座金黄色的沙丘！沙丘中间，是青草翠微的湿地，有蓝莹莹的小花朵星星般闪烁，那应该就是马兰花们吧。远处，贺兰山的脊骨若隐若现。那山，那丘，那湖，那花和树，就这样完美地构成一幅立体的水墨画，诠释着塞上明珠的风情。而那些赤足奔跑在沙地中的孩子们，则是天地中最动人的风景，他们来自世界各地，有着不同的肤色和语言，但是所有孩子都快乐地融化在这一方天地里。贺兰山下，南北方风物也在此交融，演绎出浓浓的华夏风情。

滚滚红尘，风沙漫漫，何尝不是眼前这一幕变化多端的场景。追忆逝水年华，儿时刻骨铭心的记忆，不可缺少的还有露天影院带来的欢乐，或者爱恨。抚摸着马兰花长长的叶子，我想起了一部叫《马兰花》的电影，它占据着我整个童年的记忆。"马兰花，马兰花，风吹雨打都不怕，勤劳的人儿在说话，请你马上就开花。"至今仍然记得影片中的几句台词和片段，那纯洁无瑕的花朵，只要面对邪恶势力，它就拒绝开花；相反，面对美好，它却义无反顾地倾尽芳华！忠诚和道义，善良和邪恶，就这样播种到了我幼小的心田里。

今天的马兰花，根植于贺兰山下，生长在黄河岸边，长长的叶片舒卷，编织着新的故事和传奇。我不知道它的踪迹会遍布祖国四面八方，甚至到了北方之北和南方之南。

同年夏天的一天，追寻着"鼓浪屿之歌"的音符，我有幸到了福建厦门。海风、椰树、帆船、浪花……午后，太阳炽热，我走进鲜花盛开的鼓浪屿，走过长长的小巷子，在一处青藤爬满小屋的拐角，伫立在一处挂满漂亮草帽的巷道。我拿了一顶黄色的帽子，只因卖草帽的大姐告诉我，这是用马兰草编织的。那会儿，我不免心动，想起了宁夏沙湖的马兰花，想起了《马兰花》电影中花开的镜头……我兴致勃勃地戴上草帽，再看看岛屿上每一户人家窗台上的草木，仿佛都有马兰花的英姿。我哼着"鼓浪屿之歌",想要倾听音乐般的海涛声,隔峡望一望海那边的岛屿。那天我登上岛屿最高处,看大海中帆来帆去,沙滩上游人如织,眼睛竟然湿润。

回眸低首,炉内茶声响,像人低语,也像书的注解。原来,沙湖的马兰花和鼓浪屿的马兰草来自同一个地方,它们都耐寒、耐旱。我看的书是一本描述中华传承节令的书,书名是《春夏秋冬》。多么好的大雪天!

雪纷纷扬扬,有谁知道,此时的马兰花正吸取天地之灵气而努力挺出大地。莫如青松,"大雪压青松,青松挺且直。"一个"挺"字,彰显了天地万物此时的风华,这是自然界具象的"挺"。长城内外,九州方圆,青藏铁路——天路直通西藏雪域高原,这是中华大地的"挺"。宇宙茫茫,神舟飞船翱翔,这是中国向世界的"挺"……它们一如马兰花,挺住了天寒地冻,挺来了芳华岁月,挺出了灿烂星河。

春天就要来了,是马兰花最先带来了讯息!

· 云端之爱

「一」

西藏昌都，蓝天、白云、山脉、河流、碧野、牛羊、青稞、牧民、唐卡、藏寨……

神秘藏地，云端之上，心之所向。

酷暑八月，飞机像一只鸟儿衔来高原之外的人们，匍匐在拉萨昌都机场后，骤然而降的气温和不适的高原反应顷刻而至，考验着初次踏进这片土地的每一个人。而正午炽热的阳光也灼热了我们——八名全国各地奔赴而来的作家。由西藏作协副主席白玛娜珍和四川眉山在场主义倡导者周闻道老师组织的西藏昌都远山自费采风团，踏上了这片雪域高原。

还好，我们很快适应过来，心情既惊奇，又兴奋。视野中，除了山还是山。逶迤连绵，铺陈开去，仿佛与亘古恒远的地老天荒誓约，与渺无边际的浩瀚星河相守。它极少有绿色，大多赤裸着红铜色的肌肤，像一个个彪形大汉，豪迈而粗狂地展示着藏地的神秘和素朴，以不可遏制的力量牵扯着我们的身心；而天上的絮絮白云，仿佛就在身边，恰似母亲缝制的棉被，包裹了我们细腻丰富的情怀。云啊，你是那样轻柔，那般让人爱恋和神往。

神山，江源，云端中的村寨，我们来了！

「二」

从昌都机场出发，欲至左贡县的东坝乡。一辆白色的越野车行驶在蜿蜒的山路上。

昏昏沉沉地，大约5个小时后，就在眼神迷离间，当山涧一条清澈的河流玉带般飘绕而来，河岸成片金黄的青稞惊现眼眸，被风吹过的麦浪一阵又一阵，如油画般涂抹了山腰；当山峦绿色渐次增多，一丛丛红山果闪着晶亮的色泽魅惑生灵，一只只野兔倏地跑过路基，一只只小山羊绒球般滚过山丘时；当突然出现的一户户藏家住房高傲地耸立在山中，庭院株株果树难掩翠绿释放藏地风情时……人们初始的寂寞很快被打破，司机开始如数家珍，对这满目的山、河流、草原、牛羊、山果……像一名母亲，面对自己的孩子，百般疼爱，激情满怀。

司机是左贡县东坝乡党委书记佘德志，今年32岁，江苏如皋人，却在这西藏远山工作数年。其憨厚的笑容，黝黑的皮肤，壮实的身材，看起来与四围的高山、拙朴的藏寨和奔腾的怒江和谐共生。快到乡政府驻地时，越野车突然熄火，而下面就是万丈悬崖，一车人噤若寒蝉。佘德志镇定自若地跳下车,从后备箱拿出家什鼓弄了好一阵,终于治好了车的牛脾气。"在这里工作,得让自己成为开车和修车的师傅。"抹了把满脸的汗水和油污,他自豪地说。

格瓦村的人们永远不会忘记,2015 年除夕,正是万家团圆的时候,东坝乡政府前的路口突然发生车祸,一辆回乡探亲的越野车因刹车失灵从路口侧翻至半山腰,导致车内一男两女和一小男孩重伤,生命垂危。正在聚餐过年的佘德志闻讯后,立即丢下碗筷,组织救援,并开车火速送往最近的左贡县城医院。一路翻山越岭,时近次日凌晨 2 点才处理好一切。6 岁小男孩因伤重医治无效去世,其他人都从鬼门关拉了回来。回乡后,他又规定机关干部们当年春节不再喝酒庆祝,以向去世的孩子默哀。"这个汉族领导,一下就和本地藏民们的心贴近了!"抵达乡政府驻地军拥村后,村支部书记黄梦琪如是告诉我们。

车祸发生后,看着山间蜿蜒不平的公路,佘德志的心犹如被一块巨石压住。东坝乡山高路远,不只是蓝天和白云,每年冬季都会下雪,塌方、泥石流……它们像狰狞的恶魔,威胁着村民们的安全。尤其是乡政府驻地临近的几个村落,地处怒江峡谷地段,地肥水美,其中的军拥村还是滇藏路上著名的茶马古道中转站,至今在外经商的村民也特别多。春节正是村民回乡探亲的高峰期,清理积雪和塌方迫在眉睫。佘德志利用在藏区工作多年的丰富资源和人脉,联系了转载机进行道路的故障清理。转载机进不去的偏远村,他就督促驻村工作组,组织老百姓做好安全出行工作,让全乡的老百姓过了一个好年。

"要和藏民交心，解决他们的实际困难。乡里解决不了的，就协调县里或者市里的相关部门积极处理，并把情况及时反馈给老百姓。"这是佘德志常常对干部们说的一句话。藏乡的一些人没有文化，也不了解法律，修路筑堰的时候往往会来阻挡。佘德志带上乡干部，一个一个耐心做工作，讲道理，讲法律，讲感情。藏民终于想通了，不仅想通了为什么应该支持政府工程，还想通了人应该多学知识，丰富自己。

村里有个小女孩丁增曲西，父母在外打工，由奶奶独自抚养。奶奶溺爱孩子，养成她专横的性格，不想上学。佘德志听说后，与乡长一道亲自上门，做通奶奶的思想工作；又与学校联系，把孩子送到了老师手中；同时联系了在外地工作的父母，敦促其多和孩子沟通。孩子后来变成了一名好学生。还有一个小孩旦增格勒，父亲去世，母亲神智失常。小孩无人管教，养成偷东西的坏习惯，不得已老师勒令其退学。佘德志了解情况后，要求老师对每一个孩子"不抛弃不放弃"，因其涉案金额累积超过一万元，又跟公安方面做了沟通，将这个小孩送到少管所，同时要求学校和村里多关心母子俩。孩子如今已经成为家乡可用之才。

"藏乡人对政府的信任有多大，依赖就有多大，自己的责任也就有多大！"佘德志感到肩上的担子越来越重。对藏乡的事做得越多，感情积累也就越深厚，他再也离不开藏乡了！

而远在江苏如皋的佘家，每年除夕之夜，当城市的烟花绚丽无比地盛开时，年过古稀的佘爸爸和佘妈妈听见藏山深处儿子打来的电话，眼眶情不自禁湿润。自 2002 年冬天儿子远离家乡，进藏服役和留藏工作以来，一家人团聚的时间不超过两个月！

"弟弟去西藏当了兵，又在那里考上了大学，但他毕业后却执意留在藏区工作，这让父亲很伤心和生气。因为家里开办了一个养殖场，开始经营很困难，急需人手，后来效益越来越好，也需要他回来继承家业。没想到他在那边工作后就扎下了根，父母也慢慢理解了他对藏区老百姓的感情，不再伤心和逼他回老家了。"写这篇文章时，电话中，远在江苏的佘姐姐哽咽着声音对我说。

"女儿6岁了，加起来见自己亲生父亲的面不超过两个月。孩子生下来就是我抚养，跟随我长大。她母亲受不了这样不顾家的'无情'丈夫，每次回婆家都是一个人和女儿相聚，所以坚决和弟弟离了婚。"佘姐姐说完，良久，默然无语。

雪山无语。如果有情，它一定会铭刻这样一个汉族人：佘德志，生于1984年3月，2002年至2004年在西藏山南某部服役，2004年至2007年就读西藏大学经济与管理学院，2007年在左贡县仁果乡政府工作后，就再也没踏出过西藏这片土地。

「三」

2016年8月29日上午，金色的阳光从怒江对岸的高山斜射过来，照着绿意盎然的军拥村。一行人走过碧枝垂挂的果园，嗅着苹果、葡萄、梨子等送来的诱人果香；走过怒放的大理花和格桑花丛，迷醉在翩跹飞舞的蜂蝶莺语中；走过长长的青石小巷，转经的阿妈慈祥的微笑温暖了心怀；走过翠绿的玉米林，来到了江边一座古老的住宅，村民扎西热祖上的藏家——曾经的马帮头儿安住地，去寻找茶马古道的昨天和今天。

今天的军拥村人口达四百多人，屋舍俨然，好一个美妙的世外桃源。但它并不曾忘记自己当初的模样，不过是茶马古道怒江边的一个滩涂！是山涧清澈的泉流滋养了它，是山外身强体健的马帮人发现了它，是古道上雄壮的马蹄声惊醒了它，是响彻云端的驼铃声牵绊了它！它一头连着山外，一头系着高原，像一个心灵的后花园，馨香着疲惫不堪的马帮人。在这里住下来吧！多少马帮人的心声合成一个音调。

马帮头一声令下，男人们拖儿带女，扶老携幼，回到这片土地。怒江边的这个滩涂，从此炊烟袅袅。人们开始居住的是石头搭建的简易房，再后来他们就地建设好房子，并取材昂贵的木料。他们拥有自己的语言，仿佛天外的来客。

声名赫赫的扎西热祖上马帮头儿的住宅古老而简朴，不似后来人家藏宅的伟岸华丽。庭檐下堆放着许多粗壮的木头，工人们正在热火朝天地干着活儿，准备对老房子加固维修。

宅内精美的壁画首先映入眼帘，可是因长时间的风化而变形。"这个房子已经有一百多年了，修建于清末明初，曾经遭受过破坏，昌都文物局现在投资220多万准备重新整修。墙上的壁画，至今仍是个谜，德、中专家正在研究破谜的方法。这个木质楼梯踩踏过的人有几十万，你们看它都凹陷了。"佘德志一边走一边解说，声音里融入了对古道村落每一块砖每一片石的深深感情。

"我们正着手大力发展当地旅游业，争取让外面更多的人走进来，领略这里独特的民风和民俗，体味不一样的藏家风情；同时把本地出产的水果和药材等推销出去，让老百姓致富增收。"佘德志说完这句话，眼里闪烁着明亮的光芒。

来到后院，扎西热抓起一根钢管就打树上的石榴，边打边说："吃，大家吃。"他告诉我们，孩子读书去了。每年东坝乡政府都会与援藏单位、昌都教育局联系，给村里大学生争取助学资金，解决中心小学校用水困难等问题，去年就给学校筹措资金30多万元。现在村民们重视教育，孩子从小就被送到学校学习，有些人家还把孩子送到国外留学，噶松平措是一名大学生，现在西藏大学农牧学院读书，次那家还出了一个博士生呢。因为感谢政府，村里考上国家公务员的就有七十多个，他们陆续回到家乡，服务乡亲。

东坝乡人大主任噶松平措便是回乡工作的大学生之一。其爷爷受雇于扎西热祖上家马帮头儿，在上世纪三四十年代，带领马帮人来往于内地、云南和西藏，把虫草等运出去，又把茶叶、丝绸等带回来，他们无疑成为了茶马古道忠实的代言人。噶松次登是平措的父亲，后来成为军拥村的乡长，父辈曲折的历程让他刻骨铭心，而村里孩子们到山外求学的艰辛处境更让他寝食难安。上世纪八十年代末九十年代初，噶松平措和小伙伴们到昌都上学，每天天没亮就要骑着马出发，还要在路途宿一晚，翌日才能到达学校。

为了把家乡这条蜿蜒曲折的古道变成坦途，他四处筹措资金，又召集了所有居住于此的马帮人后代，数年如一日，肩扛背挑，硬是开辟出一条出山的公路。"那个时候我正在上初中，有一次正在修路的时候，父亲不幸被飞落的山石碾压了大腿，所幸医治及时，没有留下太大的后遗症。父亲的言行影响了我，我为他骄傲和自豪，所以大学毕业后没有丝毫犹豫就回到了家乡，想为乡亲们做点力所能及的事情。他们就像是我的亲人，孩子们上学和老人们医疗保险、养老保险等遇到困难，我都会尽心尽力去办。乡亲们也非常敬重我，我觉得很幸福。"噶松平措讲述说这一切，言辞恳切。当天午饭后，他又带领我们走进他家傍依怒江的藏宅。老乡长噶松次登迈着曾经受伤的腿脚，一瘸一拐地迎了出来，把我们让进客厅，捧出酥油茶和糌粑，又拿出当年马帮领队父亲遗留的军刀，端出绣花精美的马鞍，打开储藏室珍藏已久的砖茶，泪花闪烁地讲述着军拥村——茶马古道这颗璀璨明珠的历史和今天。

「四」

8月30日早，天刚蒙蒙亮，作别我们借宿的四郎拥珠家，带上从主人园子里摘下的葡萄、苹果和梨子等水果，一行人就在白玛娜珍姐的带领下朝下一站——八宿县尼巴村进发。因为白玛娜珍的电影剧本《寻找格萨尔王》被文化部选中，央视派出记者小张采访作家创作背景，由重庆电视台的小王协同拍摄，取材地将在尼巴村进行，那里至今留有格萨尔王的传唱者，尼巴村也是白玛娜珍采风生活过几年的地方。

佘德志书记和村里另一个小伙子用摩托车搭乘着我们的行李，

缓慢而艰难地骑行在怒江边的悬崖峭壁上；白玛娜珍背着背包走在最前面，闻道、杨沐、孙品、杨柳、蒹葭和我跟在她身后。望着她坚毅的面庞和挺立在晨风中的身影，我不禁为自己早上犹豫不决的畏难情绪汗颜。因为头天晚上我们在四郎拥珠家的露台上彻夜聊天，我有点着凉，早上出发时头昏沉，打起了退堂鼓。还好，闻道老师给我药吃，又鼓励我踏上征程。去尼巴村要走五个小时的羊肠小道，而且我们得尽量赶在太阳升起时多走些路！

头上是苍茫的天，两边是刀削如剑的山峰，中间是奔腾的怒江，脚下是陡峭的悬崖峭壁，身边是相扶相携的采风团成员。天的蓝、山的红、水的黄、人的彩，构成一幅辽阔大气的写意画，立体地呈现在天地间。苍茫的山水间，似乎彼此间的心跳和脉动能触及，似乎世界就剩下我们几个在跋涉，朝向不可知的梦。

两个小时后，太阳出来了，明亮的天空和黄色的怒江交相辉映，伴奏出雄壮的行进曲。汗水顺着我们的脸颊流淌下来，孙品几次跌倒，但是她都毅然站立起来；杨沐的高原反应越发强烈，几乎眩晕，闻道老师便一直搀扶着她跟在队伍后面；杨柳活泼爽朗，就一直说笑逗大家解闷；蒹葭不停地为大家照相，小王和小张也用摄像机记录下我们难忘的身影。那时那刻，我们仿佛一家人，与天地和山水肌肤相亲，传递着人间的欢笑和喜悦。

四个小时后，终于来到尼巴村的中转站——怒江上游索桥。这里也有一个村落，青翠的玉米林晶亮了我们的视野，在村委会，来自四川和拉萨的驻村干部热情地接待了我们。原来他们是从八宿县那边走盘山公路过来的。每年，都有来此扶贫的干部因车祸坠入怒江,成为大山永久的守望者。听闻他们的真情和悲壮故事,泪水刹那间溢满了眼眶,所以当尼巴村八个小伙子骑着摩托车来到村委会时,我们就风尘仆仆地赶往目的地——尼巴村!

「五」

我们一直沿着怒江河谷地段的公路奔赴,正午炽热的阳光映照着摩托车队,也炙烤着绵延不尽的山脉。车轮卷扬的飞沙尘土蒙蔽了脸庞,但心却跟随滚滚的车轮在激情飞越。我紧紧抱着骑手涡珠的腰,不敢侧脸望一望足下的万丈悬崖。但是尼巴村的小伙子们却勇敢极了,他们以高原人的彪悍和胆识魄力,挑战着极度险恶的生存环境,练就了娴熟的摩托车技,多少给了我们一点宽慰。

两个小时后,摩托车队脱离怒江崖畔,拐进一条凹凸不平的山间小道。足下溪流淙淙,河岸杨柳依依;坡谷绿色植被渐次增多,视野前方山峰绵延,尼巴村到了!

"尼巴"藏语意即"美丽"。传说尼巴村古时风光旖旎,美景迷人。藏族的先民们居住在这里,尽享天地山水之美,过着世外桃源般的原始农耕生活,自足自给,其乐融融。不幸的是一次特大山洪暴发,泥石流淹没了整个村寨,人畜伤亡,家园不再,先民们流离失所。但是执着的尼巴村人待天灾过去,又重返家园,百废待兴,不屈不挠,建设家乡,取村名"尼巴",由此延续千百年。"我们固守这里,人要有追求,不要贪图现实的诱惑。铭记灾难,铭记死亡。"村长扎西顿珠告诉我们。

美丽的白玛娜珍是和尼巴村一起相牵连的。当年过七旬的次群培老人出现在我们的视野里时，她跳下摩托车，抱着老人不禁失声痛哭。在这里，她整整生活了三年。尼巴村的一草一木，一笑一语，早已经融进了她的血脉和魂魄。在这里，她尽自己的全力，修建了一栋藏宅，挂牌"尼巴村民委员会"，成为村落聚居的地方，成为尼巴村精神和文化的象征。

尼巴村依然美丽。最先耀射的是村民们的心灵，虽然他们的衣着还是那么朴实，住所还是那么简陋。他们舍不得喝的酥油茶、刚摘下的南瓜白菜、珍藏了很久的青稞酒等，都给我们送来了。几个小伙子连夜骑行摩托车七八个小时到八宿县城，给我们买回几斤昂贵的牛肉。如果可以，他们会捧出自己的心。我想。

是夜，我们在阁楼的地板上铺上报纸，放下睡垫，一个简易的床铺就做好了。没有电灯，也没有电视和电话信号，睁着眼睛想心事，听老鼠在角落里吱吱地叫着，看窗外山峦的浮影，赏天幕上眨着眼的星星，嗅若有若无的山野芳香……回到本真的自然和心灵状态，无言！

「六」

8月31日晚，这是拉萨昌都市八宿县尼巴村一个独特的秋夜。

身着节日的盛装，扶老携幼，尼巴村23户人家118人倾巢而出，齐聚村委办公楼前，恭迎远方客人——驻村干部白玛娜珍带领的全国八名采风作家。

月华似银，晶莹着两相对峙的高山；山峰如削，流泻出溪谷的泉流淙淙，密林的暗香幽幽；四围如聚，藏寨星罗棋布；灯火如豆闪烁，映照着一张张绯红的笑脸。

格萨尔王的传唱者诉说着高原的历史和今天，村长扎西顿珠一声高亢的拉歌后，欢快的锅庄跳起来。刹那间，歌声飞扬，舞姿翩跹。他们是大山的歌者和舞者，酥油茶的清香飘逸在山里山外。

22岁的丁增玉珍穿着牛仔服，梳着马尾辫，看跳舞的小伙入神。"你想在山里安家吗？"我问。"不想。"她斩钉截铁地答。"妈妈也这样生活，她愿意吗？"我又问。"她不愿意，可是她一直喊我回来嫁人，我羡慕你们的生活！"高中毕业后在昌都市一家餐馆打工的她，靠微薄的薪酬养活家里的弟妹。年轻一代的婚姻，已经对这种民俗有了矛盾和冲突，但是藏家很宽容，在外就读的藏家男孩娶妻生子，家族不会过问，古老的婚俗正慢慢改变。

白玛娜珍曾在此搭建了浴室、蔬菜大棚等，像一股清新的风吹进藏寨。晚会渐进高潮，夜风吹来荞麦的芳香，也送来马儿的响铃声……

「七」

蓝天、白云；山脉、河流；碧野、牛羊；青稞、牧民；唐卡、藏寨……

神秘藏地，云端之上，心之所恋。

恋一条奔腾的江。谁说七尺男儿无柔情？"你看看我拍的怒江！"想起佘德志书记骑摩托车送我们到江边时，他从手机翻出的一张照片，那是一条碧绿如翡翠的江河。"这是我在春天拍摄的，它像我家乡一样美，看到它就像看到我的家乡。这里也是我的家了，我再也不能离开它！"

这句话，就像怒江上空升起的太阳，温暖着远山深处的人们的心灵。而江南江北的人们，就这样把自己的一腔柔情，如水般倾洒到了高原的山水里。那个八月，伫望着奔腾的怒江，我不禁感怀：茶马古道上，驼铃声声已经远去，战火的硝烟也成为昨天的历史。潺潺的溪水，炊烟袅袅的碧野，欢乐的锅庄舞和清香的酥油茶，正在抒写着西藏新时代的华章和乐谱。

恋一个圣洁的高原。还是那条路，以及那一座座连绵不绝的山，那条清清的玉曲河……耳畔反复传唱一首熟悉的旋律：太阳和月亮，藏族和汉族，是一个妈妈的女儿，他们的妈妈叫中国！

·春到阆中

「水韵」

春水长。风从远方吹来，激灵了阆中的身体。那里的山、水、古镇和城，以及萦绕在其间的故事和情节，本就是它有血有肉的肌体，还有灵魂。最先颤动的是水，一如阆中的血管和脉搏。嘉陵江拥着它的心脏，其支流构溪河亲吻着它的肌肤和发丝。首先是水，水滋养了这片传说中人祖母亲华胥居住的地方（当初华胥在阆中南池边孕育生下伏羲，文字记载见于《路史》："太昊伏羲氏，母华胥，居于华胥之渚。"后伏羲降生之地名阆中凫慈乡。）让它永远像春天的女儿，微笑并灿烂着。

源于武皇故里广元的构溪河，从苍溪一路奔流而下。一湾碧水微澜。陈家滩上，是垂绿的柳丝，是渔人的拦网，是摇动的桨橹，是跃起的小鱼，是惊飞的水鸟，是青黛的山影……泛起了国家湿地公园构溪河的春潮。当年杜甫也不禁情动于此："天晴风卷幔，草碧水连池。有径金沙软，无人碧草芳。"

烟波弥漫，帆船点点，河如练绸，水乳交融。树，水墨般点画着古镇；古镇，宛若伊人，凝眸颔首，在水一方；木楼，隐一片竹林后，藏一丛芭蕉间，被一畦菜地赋予生机，被一条小径缠绕四围……好一幅丹青水墨画，无限风情地抛过来，直逼每个人心底。

古码头静默无言。它卧于大榕树下，仔细打量着男人们垂钓，村妇们捣衣，孩子们嬉水，野草们疯长。倒是中国的鹭鸟天堂——三岔河3万多只白鹭与苍鹭翩然的清影和激情的欢叫，谱写成舞曲，惊醒了春天的河流。霎时，叶在摇曳，花在开放，彼此竞艳生姿，生怕辜负这一湾水的柔情。

一路下来，龙泉、千佛等六个百年古镇沧桑依然，但场上的人和故事却不再是那年那月的事儿。在崇山观村的水观音渡口，摆渡三十余年的花甲老人侯全生常常凝望这片水域，河上修了桥，孩子们也都在城里安家立业，可他和老伴仍旧镇守着青砖瓦房的家园，以及这条河流的过去和记忆。好在江与河的衔接处——南津关古镇，一台世界首创的大型移动实景剧《阆苑仙境》正在上演。置身古街，门楣边、廊檐下、屋顶上、嘉陵江中，绮丽的灯光变幻莫测，着古装的少男少女或劳作、或舞曲、或诵读……春节文化、蚕桑文化、三国文化、风水建筑文化……就在一步一换中，时间和空间跨越，演者与观者交融；阆中的思想和灵魂，丰满生动地呈现我面前。

「山魂」

阆中四面山形如高门，因名阆山，素有"嘉陵第一江山"之誉。那山为锦屏，山如其名，似一带屏风驻守千年，也像这片土地上战死疆场的勇士们，挡住了风雨，倾尽了物华，今汉桓侯祠张飞的无首尸身墓，不就是猛将镇守古城三年的见证和传奇吗？春至，锦屏山花开，红的海棠，白的玉兰，紫的木槿……山与水、花与树，相映成趣，宛如画廊，难怪唐代画圣吴道子的三百里《嘉陵江山图》，即以锦屏山为轴心。除此外，东山园林、滕王阁等阆苑名胜环列锦屏。历代的文人墨客莫不感怀于此，杜甫言"阆州城南天下稀，阆中盛事可肠断"；苏轼誉"阆苑千葩映玉寰，人间只有此花新"……

从海棠溪拾级而上，但见"嘉陵第一江山"巨碑屹立于"阆风之苑"亭阁。过碑林，进杜少陵祠堂、放翁祠、纯阳洞、飞仙阁……少陵握笔凝神，放翁目光如炬，吕洞宾飘逸洒脱……于飞仙阁伫望，崖下藏飞仙洞，山环水绕着古城，奇异的想象不禁像江河、像云霞、像骏马……踏烟而来，顿感祥云在天地间袅娜升腾，八仙们正谈笑生风，不由得眼神迷离。

我仰望着灿烂的文化星空，在历史和现代中交融。

从八仙洞下，步幽径，过荷花池，至观星楼。此为纪念西汉阆中人天文学家落下闳所建。"春雨惊春清谷天，夏满芒夏暑相连。秋处露秋寒霜降，冬雪雪冬小大寒。"《二十四节气歌》这铿锵有力的音律，响彻云霄。面前这位神清气定的老人，虬髯铜须，目光如炬，穿越历史的长河，从西汉飘然走来。不错，二十四节气的发明人，就是汉武帝时期的阆中人落下闳。2004年，联合国教科文组织将16757号行星命名为"落下闳星"。

阆中四季分明。根据观测天象需要，落下闳研制出了我国历史上的第一台天文仪器——浑天仪。并以竖竿观日，以竿影长短确定出"夏至""冬至"，又根据一年中昼夜的长短变化确定出"春分""秋分"。在此基础上，进一步确定了立春、雨水、惊蛰等二十四个节气。汉武帝为之定名为《太初历》（沿用至今的中国农历），并改元"太初"，在泰山举行隆重的封禅大典。该历于公元前104年实施，确定以一年的孟春为岁首春节。

《太初历》问世，福泽后人，中国人民据此春播秋收，其乐融融，而落下闳却辞官归隐故里，被乡亲们誉为"春节老人"。至今，每年岁首，阆中人焚香设酒祭拜的第一个人就是他；且在他当年观测天象的地方修建"观星楼"和铸造青铜塑像以作纪念。春回大地，万物始生，嘉陵江潮起……凭依观星楼，凝眸注视这位两千多年前的智者，那瘦削的身形、清癯的面容、深邃的目光，依然感动着阆中，感动着中国……

「城丰」

一场春雨后,踩着漆黑铮亮的木质楼梯,登临古城原点的中天楼,我仿佛感受到古城强有力的呼吸和脉搏,这源于它2300年的建城史。战国时期的巴国别都,公元前314年置的阆中县,历代王朝于此设的郡、州、府、道、治所……透过精雕细琢的户牖,极目远眺,江水浩淼,碧波暗涌;舟楫渔歌,青山对峙,真道是三面江光抱城廓,四围山势锁烟霞,好一个阆苑仙境!

俯瞰,古城黎青色,紧偎一片灰白色高楼,像一个天然太极图,占尽天时与地利之和!它又骄傲地以古代巴国蜀国军事重镇的恢宏气势,把棋盘式的古城格局,"半珠式"、"品"字型、"多"字型等南北风格迥异的建筑群体呈现于面前。看那古城的檐顶一字排开去,像鲫鱼脊般有力而雄壮地叠加,我不禁随着它的脉动而颤动。

下中天楼,穿门廊,踏过青石板街道、绿青苔街沿,走过贡院,领略巴渝舞和巴象鼓的风情,品味"阆中三绝":张飞牛肉、保宁蒸馍和阆中醋的美味,摸一摸延续千年的人工缫蚕丝……我是打开了一本泛黄的诗集吗?应和着《阆中之恋》的歌词:天地合欢的神奇,天人合一的美丽;告诉你这千年古城不老的秘密,青龙白虎相伴左右,朱雀玄武福佑前后,嘉陵梦绕渔火晚舟,一壶老酒涛声依旧,好汉张飞在等候!

"秦砖汉瓦魂,唐宋格局明清貌;京院苏园韵,渝川灵性巴阆风。"古城的内蕴和情感,是通过风格迥异的一个个院落来抒发的。

最先报春的是中天楼下的张家小院，一株火红的海棠树从天井中央探出头，呼唤着钟情于它的人。汉桓侯祠边，胡家小院曲廊翠竹又开始抽芽，院子里铡刀起起落落中，又一副良草药备好，此乃医药世家，有"妙手回春"之锦挂于堂前。才过贡院，杜家大院迎亲唢呐吹响，一场川北民俗的盛宴开始，道琴声声入耳，被绣球抛中的新郎羞赧上台，至今，大院已经入赘了世界各地的几百名"女婿"。你方唱罢我登台，江边王家大院皮影和剪纸开始舞动，而于此拍摄的《桐籽花开》等影视剧，让院落独具特色的窗花、廊檐、回廊等名闻天下，阆中的风土人情、物事风貌也为更多人知晓……

又是一年桐花开。春风、春雨，古城无处不飞花。这山、这水、这城，早已幻化成阆苑仙葩，飞入寻常百姓家！

第三辑

水：上善若水

·恋在黄河口

遥远的东方有一条龙,她的名字叫黄河。

梦中向北,有条澎湃的大河,在我的血液中一直奔流,星夜兼程,生生不息;梦里向东,有条腾飞的巨龙,气势宏伟,形体威武,鹏程万里。在天与海相衔之处,在地与海亲吻的地方,在江河扑进母亲怀抱的那一刻,在一个叫东营——黄河口三角洲的芳汀中,我的梦想就此延伸、拓展……

去北方,去西部!依依梦魂,瑰丽神奇。袭一身江南春雨的草青色,缠一缕南方丝竹的悠扬音,踏破梦里的声声驼铃,越过漫漫的风沙征程,我看见无垠的青藏高原上泉流汨汨,鲜花初放,碧霁蓝天;我变成藏地高山湖泊清澈明净的一尾鱼儿,游弋在广袤的大地之上,憧憬着海的梦想……我在离云最近的人间天堂,舞出一个河神般的精灵,还给这块土地一个美的微笑,一个圣洁的拥抱,一个梦幻般绮丽的色彩和未来!

一梦四十年。我像极了一只织茧的蛹,把课本上、故事中、作文里的黄河片段拾掇,把江南所有的柔和美融化到对她的情怀中!

我是她洒落江南的一滴水吗？就那样倾听着母亲河的心跳声，踏歌而来。从西宁往青海湖，沿着青藏公路探秘，"倒淌河"的路牌名字牵引着我。远处的雪山若隐若现，于高原五彩经幡颂歌后，圣洁得像一朵朵洁白的莲花。一团团可爱的小绒线球滚过来，原来是哞哞叫的小羊儿啊。车窗外，片片白云漂浮着，在蓝空下优雅地忽而聚合又散落，骄傲地俯瞰着草原，亲吻着日月山；盈盈水光反射着蓝天，在草丛中碎银般闪烁，铺陈开去，竟然涓涓而成了母亲河——黄河的源头！

那一刻，我张开双臂，跑过羊群，飞扑泉流。如同触摸母亲的额头，包括她的发丝、肌肤，还有心灵！雪山无言，大地无语，河流汩汩，我在颤抖。一条河的生命在此诞生，一条龙的脉搏在此律动，博鳌了山川五岳，撼动了东海的心魄！

但龙的心事像高山，蛰伏在喜马拉雅，只静静地念想着山里山外的世界。山外的世界又如何？在荒无人烟的高原，在寂寥孤独的荒漠里，在偶尔闪现的一棵或者一丛沙枣树过处，从青海到甘肃，再到宁夏腾格里沙漠，沿着母亲河——黄河向下，我追寻着绿的色彩，我呼唤着雨露的名字，我想要嫩绿的枝叶抚过我焦渴的嘴唇。

久渴的荒漠终于等来了一场绿色的"春雨"，点点滴滴敲打着我的心窗，也温润了游弋而来的巨龙。当九曲黄河蜿蜒而至宁夏沙坡头时，江南的风情就一路摇曳而来。这里有稻禾的清香，也有枣泥的甘甜；有白杨林的婆娑，也有江南竹的丝韵；有芦苇荡的清灵，也有玉米林的翁郁。风吹来枸杞树的芬芳，马兰花迎送着南来北往的游人……南北方风物和文化也在这里交融，龙仰首，不禁遥望着贺兰山沉思，她由此越发沉静和内敛了！

我伫立于塞上江南的碧波之上，看着大河从青藏高原汩汩而出，一路欢歌而下，给予两岸物华和丰宝，内心膜拜着她的精神和气质，诚如我从小长大的江南记忆，也如我惊艳花开洛阳的妙丽和神韵。

车过洛阳。只一瞥惊鸿间，一湾练绸般的大河淌过心田，也丰盈了我的眼眸。这是黄河？她是黄河！不见了迢迢征程的疲乏，消却了漫漫风沙的侵蚀，清澈、碧绿，如翠似玉。她更像一位风姿绰约的少女，怀抱琵琶，轻舞纱袖，浅吟低唱着，一颦一笑间，演绎着古都洛阳的温婉与多情，像极了我们的国花——那粗壮的根，那坚挺的叶，那灼灼耀目的花……她盛开在乡野，也盛开在阆苑；她怒放在粗纱上，也怒放在锦衣中；她映照着古瓷的光芒，也映照着今陶的色彩……

我自南方来，怀揣稻禾和南橘的清香，徜徉在黄河的两岸，沐浴着丝丝春雨，凝望一片盛景的中原，风吹麦浪一阵又一阵，枣林也蓊蓊郁郁写意着丰收的喜悦。我满怀诗情地欣赏着眼里心里的一切，我仿佛听见了龙的歌唱声。对，在那盎然生机的河心深处，是天与地、人与自然的和谐交融；是河与海的对话，是一场梦想与现实的契合。

我倾听着她的声音，陪伴着她的脚步，濡染着她的气息，和她一起储蓄了全部的能量和梦想，就那样追逐着海的深蓝，朝着太阳升起的地方，朝着鹤舞的林丛，飞奔而来。看吧，一条村庄之上的大河，一条腾飞在中华大地上的巨龙，就在视野不远处，时刻准备着最后的冲刺了！

诗意氤氲的东营市黄河口，一片石油之花闪烁的海上热土，一个丹顶鹤飞来又舞去的芳洲，一片红色沙滩烧灼了我的梦魂。她犹如一朵盛开在我心上的牡丹，日里夜里绽放，灿烂着我的心境。花儿开放的声音和鸟儿飞过的身影，丰满着我的思想，相连着我的思念，牵引着我的步伐。我来自天府之国，应和着藏地阿妈转动的经筒音，高擎塞上江南璀璨的明珠，手捧中原胜地鲜艳的花蕊，迎着齐鲁之地的朝阳，以虔诚的朝圣者之态，一路跋山涉水，黄河口，我来啦！

我看见巨龙迷离的眼神明亮了起来，蛰伏的身段欢畅地扭动着，片片鳞甲镶嵌进一座五彩的芳洲，等待着与海的相拥和亲吻。秋天的黄河三角洲，扑入眼帘的是画家手中的调色板，色彩分明。红色的是沙洲地毯，等待着一场喜讯的从天而降；白色的是芦花在飞扬，传递着世纪姻缘的祝福；绿色的是汀州草甸，裸露着心灵的家园。油画般瑰丽的色彩，尽情舒展着黄河三角洲的丰腴和美丽。秋天的黄河三角洲湿地是母亲河的女儿，更像是一个熟睡中被梦惊醒的美人，她全身都焕发出无限的生机和活力，魅惑着鸟儿们和人们的到来。这个世界级的天然"实验室"就那样敞开在大海的面前，也拉起了一道黄河三角洲及环渤海地区生态平衡的天然屏障。

那一片油油的绿地，溢满了我江南的深情，像家乡的春雨，"沙沙沙"，是少女在抚琴吗？是春蚕在咀嚼桑叶吗？如此的天籁之音，一夜之间染绿了汀州，吹开了花蕊，拔升了芦苇节，震颤了大海的脉搏。水涨起来了，鸟儿们忙活起来了。微风过处，片片芦苇丛的长叶婆娑起舞，欣喜地恭迎着远方客人们的到来。

许是心之灵性使然，鹤们突然兴奋起来，从那边浅翔而来，翩然飞舞，极尽妩媚和风情，羽翼抖落无限的遐思和情韵；深蓝的海水拥吻着渔船，荡起一圈圈激动的涟漪，惊起一两只懵懂的小鸟儿，瞟一眼正聚焦瞄准它们的人们，便立时惊慌地躲进芦苇丛；无边的芦苇叶层层叠翠，一重一重蔓延开去，飘逸出莫名的清香和兴奋，逼得烦恼烟消云散；彩云见状低垂于透明的半空，如丝如缕，羞赧凝眸，与远海深情相望；海的心魄不禁一颤，清晰地把雄壮的轮廓投影过来。这迢迢奔袭而来的大河，这飞舞在华夏大地之上的空中巨龙，抓住时机，瞬间与海连为一体。

刹那间，这河、这大海，交相融合，浑然一体，构成一幅立体生动而和谐的黄蓝画面，晶莹了我的眼眸。这黄河入海的地方，拥有如此诗情画意的天地，怎不哺育出丰富的文化和艺术？衍生出丰富的物质和财富？梦中的三角洲储蓄着齐鲁之地的灿烂文明和悠久历史，似一朵花儿在我眼前如此完美地绽放，我怎能不倾尽我的思想和才华，拥抱她，写意她，讴歌她？

中华民族的母亲河——黄河，从远古到现在，从历史到今天，她不畏艰辛一路跋涉而来，承载着太多的梦想和追求，饱含着太多的苦痛和泪水，终于让理想之花在这里盛开，让丰润的思想在这里生根发芽。在与海的不断交融和欢歌中，她像一个神话中的精灵，殚精竭虑，倾尽才华和心血，练就了神奇的填海造陆功能，不断扩大着黄河口三角洲的版图，一度以平均每年2公里多的速度向海中延伸，回报着祖国母亲的哺育。

在山东东营的黄河口，我国最年轻的湿地由此而生，由此而衍。

发轫于此的"沧海变桑田",让愈来愈多的鸟儿们找到心灵的栖息地。据相关资料介绍,截至目前,保护区观测到鸟类368种,其中有丹顶鹤、东方白鹳等12种国家一级重点保护鸟类,国家林业局还授予东营市"东方白鹳之乡"的称号;有大天鹅、灰鹤等二级重点保护鸟类51种。与此同时,越来越多珍稀鸟类开始眷恋黄河口湿地,素有"湿地精灵"之称的黑嘴鸥也开始在此筑巢繁殖。每年秋天,黄河三角洲自然保护区就迎来了各类候鸟迁徙的"黄金季",一些珍稀鸟类也逐渐由"候鸟"变为"留鸟"。

黄河三角洲自然保护区建立以来,在保护新生湿地生态系统和珍稀濒危鸟类等方面发挥了重要作用。湿地被誉为"地球之肾",以其仅占6%的地球表面面积,为地球上20%的已知物种提供了生存环境和物质资源,与森林、海洋并称为全球三大生态系统,对维持生态平衡、保持生物多样性和珍稀物种资源等均具有十分重要的作用。我从长江走来,行走在黄河的腹地,触摸着她的伟岸和雄姿,感受着她的博爱和滋养;伫望黄河口,我细细体味着这片土地的多情和神秘:我看见了倒淌河边歌唱的牧羊人,看见了黄河岸边植树播种的英雄们,看见了不屈不挠修筑天路的西部人,看见了黄河口高高井架上的石油工人……他们的心何尝不是一条凝聚的血脉,像华夏大地上空腾飞的龙。

我知道,那时我的血液中终究是长江和黄河已经梦圆在一起了。

· 嘉陵江畔最美的记忆

初识南充，是 1995 年的春节。从故乡重庆至嘉陵区凤垭山。一片青松林海突现眼眸，但见林海下一江水，舟自横，芦苇扬。那湾江水清澈得像一块碧玉，水波不兴，温柔地绕过山峦，湿湿地浸润了我的心灵。芦苇在沙滩簌簌地飘摇，曳出一江两岸的无限风情和柔美。我屏住呼吸，嘉陵江跳动的脉搏仿佛触动了我的心灵。但凡有江河润泽的地方，一定是人杰地灵的！

我走进南充，是从 2002 年的元旦开始。身为南充晚报的一名记者，我亲眼见证和目睹了南充神奇的变化。一幢幢高楼大厦在嘉陵江边奇迹般崛起，一条条高速公路在南充周围玉带般伸延……飞机、动车等现代化交通工具，把南充和全世界相衔，南充已经成为川东北一颗璀璨的明珠、成渝经济圈中的重要交通枢纽和商贸中心。利用记者的身份，我采写了嘉陵江边一个个具有传奇色彩的人物：巴黎博览会上获得金奖的营山竹编大师何启荣，国内著名剪纸大师何作麟，著名皮影大师王文坤的传承人王彪，川剧华表奖获得者陈雪，还有那神奇的营山翻山铰子、蓬安蚌壳舞、川东北大木偶……

凡此种种，可窥管中之豹！她那一颗颗晶亮圆润的珠玑，如串起的一条精美项链，撒落在华夏西部！

我融入南充，是 2011 年深秋，这年我来到市旅游局工作。

南充的美璀璨夺目，2012 年 6 月，我陪《走遍中国》栏目主编王承友和导演温普庆等人到南充拍摄旅游风光片。不必说嘉陵江南充段朝发青居、暮宿青居的世界地貌奇观，359 度大回旋嘉陵第一曲流；也不必说沙洲绿草茵茵、江岛牧牛成群的中国最浪漫休闲家园——嘉陵第一桑梓；更不必说三面环水、四面靠山的中国风水文化之大成——阆中古城，当年吴道子挥毫泼墨的三百里嘉陵风光大美风景图——再现，震撼了走遍中国山山水水的他们。发源于秦岭的嘉陵江，流经陕、甘、川、渝四个省市后，把最美的身段留在了南充。南充，也因此成了嘉陵江流域生态文化精品旅游线的核心旅游区。2013 年 1 月，我们带着嘉陵江南充段旷世夺目的美，在香港尖沙咀最繁华的地铁出站口，把一幅幅精美的南充本土摄影家的作品以直观形象的方式展现在境外同胞的面前。人们纷纷驻足品鉴细赏，分享着这来自中国大陆深处的美。嘉陵江的美是属于南充的，更是天府之国四川的骄傲和自豪，也应该是属于世界的。嘉陵江边南充的美，正渐渐走向世人！

2014 年 4 月，蓬安第五届嘉陵江放牛节暨嘉陵江寻美活动拉开帷幕，由南充牵头，陕、甘、川、渝四个省市联合开展寻找嘉陵江之美的大型文化旅游系列活动，为期五年，每年一个主题活动，包括寻找嘉陵江边最美女儿、最美风情小镇、最美观景点、最美湿地公园和最美摄影地……我只希望她闪耀的光辉，从帕米尔之巅到东海之滨，从漠河之北到南海之南，穿透宏伟辽远的喜马拉雅山，到茫茫的大西洋之岸。中国的嘉陵江，生命的嘉陵江，我灵魂的嘉陵江。嘉陵江如一块温润的玉石，已经融进我的血液和灵魂了！

2016年，市委、市政府提出了"155发展战略"，南充紧紧围绕"南充新未来·成渝第二城"这一战略目标，做大做强旅游三产等，努力实现五年初见成效、十年大见成效，仅旅游一项，至2016年末，南充旅游共创建A级景区18个，其中AAAAA级两个——阆中古城和琳琅山景区。"十二五"期间，南充被四川旅游产业TOP榜评为十大"最四川"市州旅游目的地。风正好扬帆，南充正张开腾飞的翅膀，在嘉陵江上空翱翔。

我爱上了南充。每逢周末，我总是喜欢开车到嘉陵江边，踩着圆圆的鹅卵石，拨开飞絮漫天的芦苇丛，在一群野鸭或者白鹭飞处，看江水潺潺东流，看逶迤的西山连绵在南充的天际，看一抹黛绿温馨了我生活近十年的这个城市，看橘红的夕晖涂染了那鳞次栉比的高楼。这时候，我的心总是这样被夕阳温暖着。温暖如丝，缠绕我的心灵。嘉陵江边的这个城市，因着绿的氤氲，因着水的轻灵，才有那灵动的茧丝织就的绸，裹住了我这个外乡人。我爱绸！那轻轻柔柔的丝绸，成了我永远挥之不去的绪。绪里有阆中古城的清幽，她像一卷诗书，每每勾起我最强烈的渴望，读懂她，读透她！绪里有三国的剪影，黯淡了的是刀光和剑影，袭人的是书卷的清香，淡淡的，芬芳而甘甜！

南充，就这样成了我心中最美的记忆。

· 爱在升钟湖那一立方水

「春」

春风乍起。一道闪电撕裂了我的梦,穿过魑魅的夜空,灵魂在飞升,在漂浮,在游弋。

亘古洪荒,天宇苍茫,世界混沌。

水柱倾泻,恣意四淌。

剑门擎天。支一块娲仙五彩的炼石。

衣袂飘飘,古乐声声。一池碧水娴静安卧,一湖瑶池降落远山。一带西水碧波去,蜿蜒八百里,柔情人肠断。是云语:"头枕剑门五指山,两臂舒揽江阆南。绿衣鱼腹若屏镜,嘉陵江中洗金莲。"

春眠不觉晓啊。春雨也悄无声息,潜入夜,伴着一池碧波,荡漾着我的情感,滋润着我的梦境。

我的灵魂始终萦绕着娲仙山,叠映着那淡淡的山影,朦胧的村庄,镜泊的湖面;牵扯着那悠游的鱼儿,嘹亮的歌声,空灵的飞瀑泉音……怎是多情女娲仙,舞动一池春水,引来凤凰翩跹,仙鹤蝶飞。忽觉张天师乘云而至，"鹤鸣观"刹那间烟雾缭绕；鲁班师乘兴围"观"，石林瞬间丛生；白蛇娘子抛灵芝，醴峰观中来避难；蚕之始祖螺仙移步盐亭，缫丝仙湖瑶池畔……

春雷惊蛰，声如洪钟。陡然梦醒，原来身居中国四川南部升钟湖。环湖而视，临江坪村中，依依杨柳，曼妙嫣然；凤凰岛边烟波浩淼，鸥鹭翻飞，帆船点点，山水相接，共长天一色；湖岸别墅群里桃红李白，菜花正金黄；娲仙山上春草蓬生，树木郁郁苍苍，间有流泉飞瀑与落红，滴翠空谷，余音绕梁……

更有那布谷鸟儿声声啼，呼唤着游子，呼唤着远方。

「夏」

你若安好，便是晴天。

酷暑狞笑着，晒蔫了行道树，烤化了柏油路，炙热了水泥楼，风干了城市哪怕一缕阴凉的念想。

我在逃离。向南部，朝远山，奔湖泊。呵呵，一路知鸟相告："知道了，知道了！"

归去来兮。

湖之夏是一块深绿的调色板，漫出丝丝沁人心脾的凉意，和着吹送的微风，弥漫了山岗和林丛，弥散了这一方的每一个角落和土地，丰盈着人的诗情和画意。其时，我正静静伫立酒店一隅，远离城市喧嚣与尘埃，看蓝天云卷云舒，看山林青黛不语，看湖中舟楫自横……

掬一捧清澈的湖水，我听见了鱼儿奔跑的足音，稻麦拔节的声迹，莲花盛开的旋律，瓜果弹奏的乐曲；茗一口甘甜的湖水，我看见了炊烟升起的房舍，农人锄禾的剪影，情侣对唱的笑脸，孩子成长的背脊……

然而，"你"在哪？

还依稀记得春日的那个梦境，我的灵魂飞过高高的娲仙山，飞过雄峻的仙湖大坝，幻化成一尾精怪的小鱼儿，栖息在湖心。

湖中积淀着一个彩虹色的梦！问渠哪得清如许？远古的仙子们幻变成一个个有血有肉的铁血男儿，久远的传说也被现实的故事替代。升钟水库——中国西南最大的人工淡水湖，是由这些建设者们的血汗凝聚而成。他们有的背井离乡，逝后也安葬于此，守望着青山绿水，护佑着人们。

江山代有才人出。湖波微澜，便是证言。

「秋」

湖岸调色板绘得五彩斑斓，丰收在即。稻禾笑弯腰，山果垂满枝，枫叶正红。

几尾小鱼儿跃出水面，瞟一眼盛景，极速潜回传递讯息。湖边热闹起来。

"升钟湖，鱼天堂，水故乡！"南充著名诗人瘦西鸿言。

一顶帐篷，一根钓竿，一个干粮袋，一个痴迷的钓鱼者，一帧浓淡相宜的水墨画。

无论春风秋雨，不管酷阳冬雪。翻越千山万水，奔袭而来。支帐篷，撒钓饵，抛鱼竿……八万余亩的湖面，神秘似海。红尾、翘嘴、银鱼在畅游，鹭鸟在翩飞，野鸭在戏水；远处有人家，近处是野渡。为钓鱼，也为放飞心情。

一个个钓位，一句句优美的词章，等待钟情的人来填写。

水之趣在渔。

升钟湖"渔"趣享誉全世界。

2009 年，首届中国升钟湖钓鱼大奖赛拉开帷幕。突如一夜春风来，仙湖像一本摊开的诗集，鱼儿们便是那点睛的眼，吸引了 20 多个国家、全国 33 个地区的 400 多支代表队目光，新华章谱写，南部县欣然摘取国家体育总局命名的"全国钓鱼城"。

四海会嘉宾，同钓升钟湖。每年九月，相约钓鱼城。

「冬」

雪晶莹了远山，封藏了三秋的美，积蓄着能量和体力。

湖内敛含蓄着，沉寂不语。偶把袅袅升起的体热，融进雾岚，独自呢喃。

拨开冬霭，露出一张激情的脸。

螺祖远行，心魂犹在。轻柔的丝绸，飘绕了仙湖，锁住了情感，丰富了念想,牵绊了脚步。

那脸愈来愈清晰,红得发亮,像熊熊火把,点燃了冬雪。

歌唱起来了,酒喝起来了,脚步舞起来了。

花灯在旋转,皮影在跳跃……剪纸和根雕也鲜活起来,呼吸着鱼儿送来的风,似飞仙,如西子,沉醉在诗画音情的天地里。

一种叫"傩戏"的民间文化,成了一根晶亮的丝,衔接了湖的历史和今天,传播了湖的风华和内涵。

我走过湖的春秋和冬夏,在山之涯水之央,静默深思:那些关于神仙们的故事和传说渐行渐远,而那些辈出英杰豪骏的倾洒和付出,才是丰富我们情怀的精神和核心。由此,这清澈的湖水,浩淼的烟波,星罗棋布的岛屿,翠绿的青山和丰富的人文,如同一位明眸皓齿的女子,怀抱古琴,袅袅婷婷,弹唱着他们的写照,攫住我心怀。

·早春黄龙溪

  2015年的正月初一，川西平原的阳光格外明丽炫目。沐浴着暖暖的春阳，一望无垠的原野间，金黄的菜花竞相绽放；樱花和李花也不甘示弱，从车窗外一闪而过的农户小院里探出头来，招摇着热情的双手，欢迎着从南充远道而来黄龙溪寻芳踏青的我们。

  怎么能辜负如此美丽的春阳和好时光，人们从四面八方奔涌而来，堵车成一条长龙。我充分发挥七八年之久的老司机优势，一路见缝插针，居然早早就甩开长龙，游弋进了黄龙溪的大门口。

  哎，到了这样美丽的古镇，心情怎么能不兴奋和激动？哪怕人头挨着人头，大家也肩并着肩，兴许连彼此间鼻翼的呼吸声都能听见呢。花儿们也高兴极了，走下枝头，妩媚在农妇的手中，任由她们舞弄成一个个五光十色的花环，装饰了一个个爱美的姑娘。忘记了时空和年龄，我被这柔美的花环迷惑了双眼，配上曳地的长裙和时髦的羊毡帽，在古镇的门楣下对着家人的相机莞尔一笑，竟然顿时觉得自己年轻了二十岁。

  我见过的古镇实在太多，但是我对古镇永远有着深深的情结。

它太适合拥有小资情怀或者浪漫风情的人了,我恰是这样的人。可以探幽,可以寻古,可以写诗画画吟诵,可以把自己融化在清幽的水中。

黄龙溪拥有左岸风情的一切浪漫,飞檐翘角的阁楼,雕梁画栋的牌坊,小桥流水的曲廊……一树一风情,一草一民风,加之那令人垂涎的麻糖、芝麻秆、糍粑等四川风味小吃,配合着惹人眼球的川剧变脸和舞龙狮等民俗表演,还真真不愧是我大四川大成都的后花园呢!

就这样你挤着我、我挨着你游玩了后花园,已经是汗涔涔的午后天了。哈哈,刚出得小镇,见一大片油菜花灼灼地盛放,中间的草莓基地又牵着孩子们的心魂,便欢呼雀跃着跟在他们身后跑进了这早春的二月天,晒着阳光,闻着花香,采摘着红艳艳的草莓,我,也是真的醉了!

· 天山水韵

3月11日，这天，天气很好。

因了晚上一场连绵的春雨，早晨的空气便格外的清新，阳光也似乎更加明媚。一路上，小鸟不停地啁啾，悦人耳目；空气中和着泥土芬芳的气息，沁人心脾；一片雪白的梨花和李花，渐欲迷人眼时，上游水库便呈现在视野。脱下厚厚冬装的我们，是欢呼雀跃着扑进它的怀里的。

天真蓝啊，不见一丝云彩，一如水洗般明亮、透彻。浩淼无边，令人遐想。

山也青青。翠绿的山岗间，突然就有一巨石兀立在眼前，或者几株碧树高耸于山尖。那时，便感全身的细胞都是鲜活的、激动的。

而最清新、最真切的感受，是来自我们的身下。虽然隔了一条船，但我觉得是躺在了水库轻柔的怀里。它是一床柔柔的棉被，我们是新生的婴儿，就那样自由自在、满怀希望地在它的梦乡里遨游。蓝蓝的天、青青的山投影于翠湖，描绘成一幅立体生动的画，我们便又都成了画里的人儿。

摇桨的是位憨厚朴实的天山人。古铜色的脸，长满厚茧的手，地道的山里口音。心想喝这水长大的人该是至纯至真的了吧。躺在船舱，头上没有遮阳的蓬，可以极目欣赏那山、这水。

耳畔飘来微微的风，略带甜味。这是划船时从湖中带来的。桨片在湖中有规律地一起一落，水珠便一滴滴溅落，很清澈，但汇入水库中，便立时成了汪绿一片了。翻起的几朵浪花，漾开去，成了涟漪。

木船在一点点前行。行至山涧边，可见岩石裸露在水里，岩纹历历在目。

船的前方很平，没有一团泡沫，也没有一点音迹。远望，就像一块绿绸，铺放青山间，一缕薄明的雾，在其间隐约缭绕。

船至申家村后，水位渐浅，当中一石桥架于两岩，古朴、典雅，便有一种空旷美。桥边一少女正置办嫁妆，红朗朗一片，与水相映，整个水库都欢乐起来了。

一个小时后，到得源头，它位于洪溪村，是条小河沟。涓涓之流，自一堤堰洞口下，汇成了苍茫浩荡的上游水库。伫立堤坝，凝望足下，看水库万顷碧波，想人生，也应该是如此走过的吧！

· 蓝莲花盛开在内江

江连着城,城映着江。江宛如脐带,穿城而过,血脉相依;城好比丰碑,砥柱中流,巍然耸立,芳华千秋。江和城唇齿相连,故名内江。

沱江清幽,夜色阑珊。我趴在栏杆上,目不转睛盯着江面。水波荡漾,一簇簇野生的水生植物漂浮于上,是蓝莲花吗?姑且是!在城市的灯火映照下,呈现出一种动人心魄的美来。我好想拿一朵在手上,又怕这蚀人心骨的美在手上破碎,于是就那样痴痴地看着它们在寒冬的水里绽放,在城市的心脏盛开,在我的内心根植。

我曾三次来内江。

第一次是在孩提时,随叔父、母亲等,探望远嫁宜宾的姑姑,从老家重庆邮亭火车站出发,坐上南下的火车,到内江中转。第一次坐火车很新奇,也不觉得轰隆隆的响声刺耳,反倒觉得那悠长的鸣笛声动听,看车头冒烟老高,火车应该是烧煤前行,像个老人慢腾腾地穿行在崇山峻岭。坐了一天到内江,叔父找了个便宜的旅店歇息,至今仍记得那个旅店的名字叫"洞天",就在火车站附近,周围脏乱，房舍凌乱。翌日一早又转乘到宜宾的火车，在窗口匆匆瞥了一眼这个城市，没有什么印象，却迷恋着这个城市的别名——"糖城"，想要满足一下小孩的口感和味蕾，却不能遂愿，留下许多遗憾。

第二次来内江，是几年前一家人自驾游。还是从老家邮亭火车站出发，线路是经内江到自贡到宜宾，同是去看望姑姑。只个把小时，就驱车到了内江。入城，我下意识想看看"洞天"旅店的名字，却突然笑自己的天真，这个城市哪里还有半点孩提时代的影子？林立的高楼和宽阔的街道，早已今非昔比了。糖对我来说早已成了心中珍贵的记忆，就连我的孩子也不觉得糖是稀罕物了。我在城市的中心找了一家西餐厅，点了孩子喜欢吃的牛排，看江水缓缓而过，心中怅然若失。

这个冬天，我是第三次来到内江，从成都坐高铁四十分钟便到达目的地，再坐二十分钟可以到我的老家重庆大足邮亭火车站，不，那里已经改名成重庆大足车站了。我想，我这一次是真正走进内江的灵魂深处了，缘于文学——四川省中青年作家班在这个城市的冬天举办，对于一个痴迷散文的女子来说，是不是内心深处涌动的情怀温暖了我的心灵，晶亮了我的眼睛？一个城市因此而温暖和有情怀，像春天一样生机勃勃？江边的银杏树腰杆挺得笔直，叶子黄得耀眼，恨不能变成画家调色板上的颜料，给城市多增添一份美丽和风姿。我捡拾了飘零的落叶，又让它像蝴蝶一样从手中翻飞，到水中，去和蓝莲花亲吻和拥抱。

我在江边漫步，却又想起了这几天课堂上老师的话。罗伟章老师说：世间万事万物都是有情感的，都有生命力，都有温度，只有带着情感去写，才能写出好文章。这样想着的时候，正好沿着江上堤岸的画壁前行。这是一组石雕画像，依次展开了内江著名人物或者事件的原貌，也是一幅人文、历史和风俗的画卷。2000多年的历史，让这个城市内涵丰富、底蕴深厚，灿烂的星河文化便如同眼前的灯火，辉映着江水。因为心境使然，我发现画像都变得立体生动起来，每个人物表情灵活，镌刻的文字也彰显着生命力。不是么？看看吧，无数的英雄和人才，圣人孔子之师苌弘，南宋状元赵逵，清朝四川唯一状元骆成骧，"黄花岗七十二烈士"之一喻培伦，辛亥革命先驱黄复生，近代国画大师张大千，新闻巨子范长江，中国流行乐坛著名男歌手刀郎等，他们都在石壁上微笑着，无声地诉说着一个城市的故事和传奇。

那么，我是看见春秋诸子百家讲学的热闹场面了，看见战马的铁蹄和战火的纷飞，听见黄花岗烈士的呐喊声……而最真切的是看见了张大千笔下的画作，这才是这个城市的灵魂核心。那些仕女图，是那么美，就像这个城市；那些山水画，是那么清新动人，就像这块土地，这条江，这些花草。如果画家今天仍在，面对这一城的山水，这一朵朵随波荡漾的蓝莲花，他该以怎样的心境，怎样的眼光，怎样的着色，来完成这一幅盛世的年画呢？

有风吹来，是来年的春风呢，那么香，那么暖！就像眼前的蓝莲花，无忧无虑，随波荡漾。

· 流过心上的大运河

「一」

上世纪七十年代初出生的我，自感人生就像大运河，流过春秋和冬夏，流过艰难与繁华，流过唐诗和宋词，流进今天，流向未来……

我与运河初结缘，还是在初中的历史课本中。它只以一种简单的文字符号出现在目端，可它那波澜壮阔的身姿和历史雄风却嵌进我脑海，给予我无限丰富的想象空间。栖居华夏西部内陆，大江大河是很能延展我视神经的，它澎湃的涛声和浓郁的异域风情，常常激起我心灵的浪花，溅进殷红的血液，幻变成一个绚丽的梦，诱惑着我与之亲吻和相拥。

或许从我有思想的那天起，文学之梦就扎根发芽在我幼小的心灵空间。作文天赋异常的我，因一篇情真意切的《家乡小河》，让我摘取了1984年重庆市大足县邮亭镇中学全校作文竞赛的桂冠。这条西南地区极其平常的河流，你甚至叫不出它的名字，春天会有紫色的水葫芦花盛开，秋天会有白色的巴茅草絮飞扬。它一年四季都清亮亮地流着，笑着，奔跑着向远方。每次凝视它，我都渴望它微小的浪花翻卷成巨浪，它会流进我梦中的那条大河吗？

　　我常常一边清洗菜蔬，一边如此遐想。小河堤边，浸泡着夏天的姜、冬天的葱，红红绿绿涂抹着河之风景，也濡染着哥哥的心情。父亲早逝，哥哥高中毕业坚决放弃上大学的机会，回乡帮妈妈挑起了家庭的重担，当了一名菜农。每天四更时他得起床，把码放整齐的蔬菜挑到十几公里远的长河煤矿去卖，以此补足我和姐姐的学杂费。贫苦的日子助推了哥哥的理想和志趣，几乎每天晚上他都要就着如豆的煤油灯看书、写诗、画画。目睹哥哥清瘦的剪影和妈妈忙碌的身姿，我常常黯然神伤。

「二」

　　我常常趁哥哥不注意，从书架上偷出《收获》等文学杂志，上课看，下课写，做着作家梦。所以成绩除语文出类拔萃外，其他科目一塌糊涂。1987年秋天，哥哥背着给我买的新被子，一手提着新买的水桶，一手牵着我走进了他的母校邮亭中学，这是我的最后一次就学机会了。我已经从他忧郁的眼神读懂他对我的期盼和责备。

　　当时，姐姐已经考进了重庆的一所名牌大学，成了村里第一个走出的大学生。哥哥的诗文也频频亮相报刊，他成了大足县的劳动模范和乡村致富带头人。哥哥出众的才华和相貌，以及勤劳善良的品格，受到姑娘们的爱慕。我不再痴迷文学，开始认真读书。

人生就像一条河，我是不是已经跃过了初始高峡出谷的迷茫和困惑了呢？

"大运河开掘于春秋时期，完成于隋朝，繁荣于唐宋，取直于元代，疏通于明清。"我至今依然清楚记得历史老师说完这句话，突然点名："邹安音，你说说京杭大运河的起点和终点。"我怎么会不知道大运河的起点和终点？它难道不像我的父母和哥哥么，又或者我的祖上？散发着勤劳质朴的清香，灵透着智慧坚强的品格，积淀着丰富的情感故事，默默地抒写着历史，耕耘着春秋，把一代代人鲜红的血和水，凝聚成一条人生的河。它不似长江和黄河，从雪山奔腾而出，纵横东西，气壮山河。如果它们撼动成华夏的骨骼，那么贯通南北的大运河则是萦绕中华大地的魂魄了。那粼粼波光的深处，涌动的何尝不是华夏民族无比的智慧和力量？它就这样从远古走到现在，从北方走到南方，攫取了我的心魂！

「三」

哥哥，近在咫尺，我们却不能见面；我悲切地呼喊，你却再也不能听见……我坚决不承认哥哥已经因车祸离开的事实。摩挲他留下的手稿、画页和字帖，山川、大地、河流……我悲伤得不能自已。他多么渴望去一次我们的老家，多么渴望看一看运河两岸的风景……他是把它们装进了心中，到彼岸的天堂去描摹它们的美了吗？他的目光就那样满含着希望和忧悒地一直注视着我，鞭挞着我，直到我考上大学。因为文字，我当了记者。我心中涌上的情愫都化作了文字，每一个字符，都蕴藏着哥哥的魂莹。

梦中向北，有条澎湃的大河，在我的血液中一直奔流，星夜兼程，生生不息。

2012年4月底，我到南方去，车过洛阳。只一瞥惊鸿间，一湾练绸般的大河淌过心田，也丰盈了我的眼眸。这就是古运河吗？不见了迢迢征程的疲乏，消却了漫漫风沙的侵蚀，清澈、碧绿，如翠似玉。古运河的身姿以现代繁华的身形出现在我的面前，勾起我无限的遐想。这就是京杭大运河中的中心点（古代通济渠）么？它诞生于隋炀帝大业元年（公元605年），经过数年时间，宛如一条华夏的纽带，以洛阳为中心，沟通南北，也让古都洛阳成为繁华的胜地和中华的骄傲。那静默着的古粮仓在诉说，那寂寥着的古码头也是最好的见证。

在运河的中心点，我想起了我的童年、少年，我想起了我的父亲、哥哥……我的人生像运河，有过挣扎和痛苦，有过故事和传奇。就像洛阳的牡丹，那粗壮的根，那坚挺的叶，那灼灼耀目的花……它盛开在乡野，也盛开在阆苑，它是因了这独有的运河溪水，才代代相承，孕育出一地的人文内涵，催生出一城的风情，盛开出一生的华贵，描绘着整个华夏的骄傲和自豪。

「四」

2014年6月22日,联合国教科文组织在卡塔尔多哈召开的第38届世界遗产大会上,当风流了两千多年的大运河被列入世界遗产名录时,"她"的美名终于传遍了全世界。是那"二十四桥明月夜"的诗情画意撩动了我少年时的文学情怀吗?还是那"万艘龙舸绿丝间,载到扬州尽不还"的无尽意境深远了我的念想和梦幻?我从天府之国出发,迎着蜀地之北的朝阳,以虔诚的朝圣者之态,一路跋山涉水,追随着梦中那条澎湃的大河,星夜兼程。

我走进烟花三月的扬州。一座与古运河共生共长的东方水城,灵动着江南水乡温婉的气质和品格。它就是一位妙龄的少女,绾着高高的发髻,撑着一柄红红的油纸伞,陪着我袅娜地走出西部,走过江南,走进水乡,亲吻"江南水弄堂,运河绝版地"的无锡。有舟驶过,水弄堂发出欸乃的桨橹声,就像一首清丽的宋词,曲音早已悄悄韵透到南长桥至伯渎港一千五百多米的每一间小屋和每一扇窗棂。千年的沧桑变迁,仍旧不能改变弄堂民居粉墙黛瓦的颜色,仍旧不能改变运河人家的气质和芳华。看那小巷弄堂穿插其间,尽显江南水乡清雅秀丽的风情,试问天下谁人不销魂?

我走进小桥流水人家的杭州。一条河流柔柔地绕过西湖,西子湖畔的秀丽就像江南的丝绸一般,凝练成绸带,维系了每一个来到这里的人儿。不必说花港观鱼的惬意,雷峰塔夕照的梦幻,断桥相会的遐思,柳岸堤畔的远眺,荡舟碧波的清凉……更有那青青的西西湿地，我一凝眸，就把心落在那青翠欲滴的每一棵树和每一片叶子里了。大运河流到这里，怎么能不深情侧目，把所有的美和故事揽进心怀，流成一个美丽的芳洲——杭州。河上帆船点点，河岸人儿熙熙攘攘，运河在这里格外地充满生机与活力。"小桥"静谧，"流水"无声，"人家"怀古。

我走进"诗意滕州、梦里水乡"的微山湖畔。这里闪耀着一颗璀璨的明珠，它就是南阳古镇。古运河景观的绿、亮、清……在"运河第一古镇"尽显。而层层叠翠的荷，在微山湖里无边无际地铺陈开去，与那清冽的水和浅翔的鸟儿，以及飘浮的白云和淡淡的山影交相融合，浑然一体，构成一幅立体生动又和谐的画面，晶莹了我的眼眸：铁道游击队的队员们怎么能容忍敌人的铁蹄踩破它的美丽和安宁？

我走过故宫长长的甬道，走过紫禁城重重的大门，走过颐和园的水，走过历史的尘埃，走进现代的古运河之北端——北京通州运河森林公园。傍晚，一抹暮色褪去了公园一天的喧闹，河水如镜，静谧安详。但就在这平静的美里，我的目光穿越了京杭大运河的北端城市和漕运终点，我感受到它内心潮涌的激流和情感，它勃发的热情和愿望。它的每一个桥和每一个码头，都像血脉渗进了祖国的心脏。它与北京古都的形成、发展有机地融合为一体。这难道不正是千年运河给世人呈现的盛景么？好一幅盛世的现代版"清明上河图"在眼目前灼灼闪放，我怎能不倾尽我的思想和才华，拥抱它，写意它，讴歌它？

第四辑

火：囊萤映雪

· 华山，山高为峰

我从东而来，过阆中，历广元，拥汉中，穿秦岭……

（我从蜀地西行。走过蜀道的艰难和险阻，走过八百里秦川的伟岸和雄浑，浸染十三朝古都西安的气质，触摸大唐深处的灵魂。）

我吮吸着这里每一片土地散发的芬芳，我深恋这片境地每一个标注的名字：阿房宫、骊山、灞桥、秦始皇陵、兵马俑、华清池……它们从我的车窗外闪过，一如初恋的爱人让我心弦颤动；又像身上的细胞，我努力想要它们全部融进我的血液。

正是此地此景编织的柔情和似水年华，铸就如剑似鞘的山吗？我登上西行最高峰华山，是不是亿万年的沧海桑田和亿万年的人间恩爱情仇都在那利剑出鞘的山峰中渺小如尘啊？鹰在半空盘旋，红果在山间放彩，人在云间登攀……

在峰顶望长安，望蜀地，望中华，望东海……山高为峰，唯有华山！

· 美在川藏线，恋在木格措

那正是酷暑难耐的八月天。因向往一片碧草茵茵的清凉芳草地，更为了传说中伸手可触的一朵云，抑或是追寻梦中的香格里拉，我们钻出蒸笼般灼热的果城，满怀豪情地驱车直奔川西高原。

沿途经成都，过雅安，至天泉，汽车驶入险与美并存的川藏线。周围峰峦如聚，足下是淙淙溪流作伴，顿感心灵栖息在了那崖畔的绿枝头，一路风尘被轻轻抖落在这山里、这水中。川藏线不孤寂，一条永远流动的车队风景线，就向世人昭示出这方天空的神奇和灿烂；还不时有勇敢而执着的驴友闪过，只留下一身被汗水浸湿的背脊，让人仰望和赞叹。

当高高的二郎山掠过视野的尽头，但见氤氲的雾岚袅袅弥漫了山峰，也化作一汪澄澈的泉水，荡尽我们还有些许燥热的心灵。这里便是仙界吗？

翻过二郎山，一阵和着酥油茶奶香的高原风扑面而来；一位黝黑的康巴汉子赶着小牛犊，生动地诠释着高原红的底色；一抹橘红色的夕晖抹遍了群山，黄昏的天空澄碧如洗，却有一朵朵飘浮的白云，莲花般盛开在山尖，闪耀出夺人心魄的美色，令人心颤。

晚宿康定。翌日一早，循着《康定情歌》的音韵，去往心中圣地木格措。

"中国你哪个地方都可以不去，但一定要去川藏高原，你会喜欢那里的天，那里的云和水！"飞遍山山水水的先生，唯独钟情这片土地的神奇。每次听到丈夫的这句话，我浑身的细胞就会鲜活灵动起来。

是藏族阿妈转动的经轮唤醒了我的高原梦？还是绚丽的格桑花晶莹了我的眼眸？醉卧于木格措的花海中，不远处传来阵阵松涛声，似在诉说着一个永远浪漫动人的传说；溜溜的跑马山上，洁白的云在飘浮着、幻变着，彰显出仙界的美妙和绮丽；远处的贡嘎山，积雪皑皑，闪耀着圣洁的光芒；一只苍鹰突然掠过上空，斜飞的翅膀，便抖落了一个绚丽的梦，让我不能自已。是木格措湛蓝的海子沐浴了我的心灵！是神秘的藏传文化震慑着我的心魄！在山之巅，在海之角，我虔诚地掬起一捧雪山圣水，只觉心在那一瞬间坠入如玉的深潭，变得那样洁净和温润。

·云上川西古羌寨,天籁之音入梦来

在川西,在那离天很近的地方,在逶迤连绵的雪山之间,有一个古老的民族——羌族。在那里,土地赋予他们生命色彩,雪山圣水注入他们殷红的血脉。

从南充西行,我们去追寻梦中的香格里拉——遥远的古羌族寨落。沿途,挡不住的青山隐隐,遮不住的流水幽幽。傍晚,当高高的五龙寨门映入眼帘的时候,江南水乡清丽的桨橹声便渐渐远去,远古的悠悠羌笛音刹时吹动了心灵的湖泊,如此的天籁之音,是经过雪山圣水洗涤过吗?

这是五龙寨羌民祭山前夕,这个夜晚欢乐而神圣。我和女儿以及同来的电视台的朋友们被寨主安排在竹楼看台上,女儿头上戴着我为她采来的用羊角花编织的高山花环,正目不转睛地盯着一只羌民们精心挑选出来的雪白山羊。山羊被系在寨中树下,角上系着红布条;一坛已经开启的砸酒,飘溢出醇美的浓香;篝火熊熊燃烧起来了,这边,羌族小伙子们用力舞动手中的火龙,粗犷而豪放;那边,一对青年男女突然亮开嗓子,绵绵情歌对起来;

几个羌族老人不甘示弱,手敲羊皮鼓,铿锵的鼓点响起来;少女们羞赧着脸上场,为远方的客人斟上美酒,熊熊的火光映红了娇媚的脸庞;欢快的沙朗——羌族人的锅庄,搅热了五龙寨。无论你来自哪里,不管你操着何方口音,吃着烤鸡,喝着砸酒,人间的纷扰和喧嚣已不再有,心灵仿佛已经泊进了一个宁静的港口,只想就这样静静地随着优美的舞步旋转、旋转、旋转……和着悠扬的笛音,绵绵青山也跟着欢乐起来。

是夜,踩着咯吱咯吱响的竹楼梯,住进高高的五龙寨。嗅着淡淡的芳草清香,聆听着楼边传来的潺潺溪流音,对面山顶的灯光突然晶莹了我的眼眸,也迷惑了我的心灵:这是人间,还是仙境?哦,这是云朵上的民族——羌族啊!

五龙寨的"祭山会"主祭点选在小寨子沟入口的林中。翌日十时许,祭祀队伍由释比领头,从寨中出发,依次祭拜家神、树神等。数百人浩浩荡荡奔向主祭场。

到达主祭场地,围绕天神塔进行祭祀活动,天神塔的白石成为雪山的象征。

小寨子沟入口处,早有羌民支好三口大锅,只等祭祀神灵的山羊煮熟分享。经受神灵领受的羊肉,成为可以消灾纳福的圣品。

一个羌民把煮熟的羊肉给我品尝,我内心不禁一颤:他们才是大山的魂魄,赋予大山生命与色彩,给远方客人带来欢乐和幸福!

从此,那铿锵的羊皮鼓音,那悠扬的羌笛声,那动感的沙朗舞步,还有漫山遍野的羊角花……这个人称"云朵上的民族",就那样深深地留在了我的记忆里!

·花样西充

我的心里一直装着一间草房子,一块青草地,一条小溪流……是它们让我的心灵有了停放之处,从故乡到他乡,从梦境到现实,从高地到平原,从丘壑到丛林……西充是这样一个地方!蜀地之北,南充西南,无论春秋,不管冬夏,经年花开,绿意盎然。

二月,张澜故居,梅花弄影。"疏影横斜水清浅,暗香浮动月黄昏。"家乡《重庆晚报》采风团的作家们一进梅园,便欢呼不已。凌寒独自开的各种梅花,或白或红,傲视山野。遥想十余年前随夫定居南充,身为《南充晚报》的一名记者,曾拜谒先生故里,路窄、坡陡,山长水远,感叹着张澜走出的不易。再次造访于两年前,我已调至南充市旅游局工作,故居道路宽阔,屋舍俨然,修葺一新,已荣升为国家AAAA级景区,我为此颇为自豪。此次随家乡人走进它,融入了亲情和乡情,怦然心动。梅影绰约,风骨傲然;碧水微澜,莲叶田田;山势清奇,荡胸层云。花无语,山无言,却只等一人!先生一生钟情梅花,晚年情寄《梦南溪山庄竹盛长》,梦回故里。但其一生为民主事业奔走呼号,竟未成。在他诞辰140周年之际，故居27亩地各色梅花盛开，终遂心愿。毛泽东言："表老者，天下之大老也！"然大老"表里如一，方正做人"。这堂堂正正几个大字，今在故居表方广场碑柱上熠熠闪光，映照着前面的玉带河，也顺势融进了嘉陵江。西充人的精神和魂灵，就这样被带到了远方！

第二站，古楼村。漫山遍野的桃林，蓄势待发。虽然花还未开，但是作家们异口同声的话温暖了彼此的情怀：我们可以想象它们盛开的样子！古楼，顾名思义，必定是有故事的村落，我们也可以想象，或许三国的烽烟曾弥漫，张献忠的铁骑曾踏过？因为史上的充国从不缺乏故事——公元前204年，汉王刘邦被项羽围困在荥阳城中，汉大将军纪信舍身救主。后来，刘邦在纪信家乡置"安汉县"，赐"充国"。充国传承着久远的历史文明，诠释着源远的华夏精神，刀耕火种，蚕桑渔麻。虽然距南充咫尺之远，却保有古代汉语入声字的独特方言。充国出产红苕，又称"苕国"，此苕非同寻常，已被列为国家保护品种。今天的充国更像一名少女，身着"中国有机生态县"的锦缎，手持彩练当空舞。其中最有代表的便是古楼镇一年一度的桃花节了。我几乎每年都会来这里。桃花开了，千朵万朵压枝低。它们兴高采烈，像一个个精灵，风儿吹过，每一个花神都会颤动，让我情不能自已。而曲径通幽处，有茅舍、池塘，有小溪流、青草地……每当此时，我屏息静气，这难道就是我心之栖息地么？

双龙桥的夜晚最迷人，那就在这美美地住一晚吧。作家们走进它时已是傍黑，油菜花开得很茂盛了，那样子不再低眉颔首和羞走，而是以热烈的态势，舒展着风姿，恣意地行走，抒写着中国西部最美山村的故事和传奇。双龙桥的水很清冽，倒映着层叠的乡村小别墅，以及那山、那树，还滋养着这一大片沃土。空气中有玫瑰的芳香，鸟儿晚归的鸣叫……农民们在自家别墅前掐菜，他们分明是在大地上作画，正托起生活的调色板呢。行走在岸上，嗅着淡淡的青草味，听着汩汩的泉流声，我常常怀疑自己是不是走进了画里。那天晚上，来自山城的作家们惊喜不已，觉得是找到了隐秘的世外桃源。而我再次推开印象田园酒店的窗户，在影影绰绰的红灯笼中不禁迷醉，不知道是在天上，还是在人间。

　　天上取样人间织。孟春，太阳却炽热。我们兴致勃勃地走进春天的花海。情之所至，重庆作协名誉主席黄济人挥毫泼墨：花样西充！在这孕育爱情的季节，浓郁的情感也氤氲在中国义兴百科有机生态公园的每一个角落。金色的虞美人……一大片、一大片，情侣们依偎在花海中，白色的婚纱衬托着瓦房山的田园。孩子们也来了，在池塘里兴奋地捉泥鳅呢；老人们坐在条石凳上，对着熟悉的磨坊唠嗑往事。这是乡愁凝聚的地方，也是舌尖争夺之地。价格不菲的牛奶、猪肉、葵花、鸡蛋等有机生态食品，足以让味蕾产生永久眷恋。

　　回转晋城，纪信广场，莲花湖畔。魏明伦的《纪信广场赋》，一字一真情，也写尽了西充的内涵和精神。几年前，我曾经带领央视《走遍中国》栏目组寻访西充的人文经典，后来川北灯戏进入了导演的视野，它被国务院授牌为首批"国家级非物质文化遗产"，融合了歌舞、皮影表演等，后来该栏目以《高手在民间》播出了西充人演绎的精彩片段。花样的西充，应该是勤劳、守信、诚实的西充人培植出的一朵永不凋谢的花朵。

　　回到家,我把心里想到的美,变成眼前实实在在的风景;我把西充无限的风景,依循内心的指引,化作汩汩流淌的文字泉流,让它们美成我心中的一个花园:有一间草房子,一块青草地,一条小溪流……永驻心间,他乡即故乡了!

· 璧山：此心安处是吾乡

"山出白石，明润如玉"，故为璧山。白璧玉润，山朗水清，这一定是璧山，这也应该是我想象中璧山的样子。

20世纪90年代初，一个夏天的早晨，我离开家乡大足到重庆上大学，那是我第一次出远门。我坐在长途汽车上，一路颠簸，神情迷惘，心情彷徨，不可知的前方让我神经紧张。来到璧山时，我看见了"青冈"两个字，我看见了一片绵延的山，很清秀。我不禁打开窗户，尽情呼吸山那边风送来的空气，看山底小河潺潺地流淌，看人家屋顶的炊烟，看公路玉带般延伸进山里。大巴车师傅说，翻过这座山，就是重庆了。重庆有我的校园，有我的梦想……我很激动，我渴望翻过这座山去往心目中的天堂，这是离我梦想最近的一座山。我从小生活的地方有巴岳山，我总是想翻过一座一座的山，看看山那边究竟是什么！

那时候我的梦想很多，喜欢唱歌，尤其迷恋邓丽君的歌，曾经一度想当歌唱家。我喜欢画画，也想当一名画家。但最后权衡，我喜欢写作，觉得当作家是最明智的选择。

那时候，我不知道重庆的那边还有山，山的那边仍然是山。直到我大学毕业，直到我在外地工作、成家立业，直到我后来真的翻过一座一座的山，比如到了离天很近的地方——小寨子沟。在那里我看见了白石，看见了天神塔。

山是无限延伸的，就像我们的心，总是在不断向外扩张。就像我们的故乡，也渐行渐远。

我从外地回家，翻过这座山就可以回到我的家乡大足。山无言，水不语。但冥冥中璧山的山水总像我的亲人，牵绊着我的思想和情感，让我的脚步移动到了这里。这个春天，我以一个作家的身份，走进璧山，参加"璧山杯重庆晚报第二届文学奖"活动，我是来领奖杯的，但我不知道我还想到这里来找寻点什么东西。我到璧山的第一句话是问"的士"师傅："你们这里有什么好的东西？"他自豪地回答："璧山有很多的树，有很多的花草，有漂亮的公园和清澈的河流。"

思维凝滞。我突然感觉自己走进一个寂静的时空，走进20世纪90年代初的那一天，我第一次看见这里的山、水、草、木……这个社会，总觉得有些东西跑得太快了，是该停下来，一点点找回我们的某些过去了，这才是我们生活的实质内容。

是夜，我住在璧山的一个大酒店里，背后是淡淡的山影，右侧是一个水塘，有青蛙的鸣叫，让我很舒心，像莫扎特的小夜曲。左侧是一条宽阔的大道，绿树成荫，直接通往"青冈"，再过去，就可以回到我的家乡大足。

翌日，主办方诚邀我们参观了生态农业种养基地、昆虫科技博物馆、康养生态小区、新兴汽车工业园等。乡间，樱桃正红，在车窗外招摇着手臂，妩媚动人。一畦畦鲜绿的蔬菜，散发出田野的芳香，多么想与人的舌尖展开一场美味争夺大战啊。河流静静流向远方，竹枝下，石桥中，引来众人竞相拍照合影。牡丹花灼灼开放，睡莲怯怯藏羞，我们这是走进天神阿巴木比塔的后花园了么？那么白石呢？藏在远山深处吗？

山在远方，朦胧神秘；云在空中，低低浮沉；只有草木、湖水、瀑布、飞鸟、鲜花……在我身边陪伴，让我眼神迷离，仿佛走进心灵的世界，与山对话，与水呢喃。这是我在东岳体育公园最强烈的感受。

"小城故事多，充满喜和乐。若是你到小城来，收获特别多。看似一幅画，听像一首歌，人生境界真善美，这里已包括……"

在一块天然的石头上，我突然发现了这样的镌刻小字。这是我最喜欢的邓丽君的歌，我不禁轻声哼唱起来。同行的陈广庆老师告诉我：台湾著名词作家庄奴晚年就生活在重庆璧山，以此为故乡，并在这里安然离世，璧山人把《小城故事》的歌词镌刻于此，以作纪念。

这个世界上，人们总是在寻觅世外桃源，寻找香格里拉，寻找心中的故乡。庄奴是幸运的，他找到了心灵中的故乡。璧山是幸运的，她遇见了如此懂得自己心思的人。我是幸福的，过了青冈，我就会回到自己的老家，回到在家等候着我的母亲的怀抱。

· 文学梦，心之魂

　　也许从我有思想的那一天起，文学之梦就幻化着绮丽的色彩，在我幼小的心灵和稚嫩的身体中氤氲出一个朦胧的光圈，之后弥漫着温馨的芳香，陪我走过一个又一个人生驿站，丰富并装点着我每一程的生活，让我的生命始终充满激情和友善。

　　我生于重庆市大足县邮亭镇天堂村。上有两个哥哥、一个姐姐，大哥年长我10岁，酷爱画画，自从我记事时起他就当了村里的赤脚医生。二哥比我大6岁，从小文学天赋异常，初中时就名震一方。因了哥哥们的熏陶，我自幼便吟诗作画，乡村田野中的一片叶、一朵花……在别人眼里是那么平常和普通，但在我眼里和心里它们却都能摇曳出一幅生动的风景画。据我的小学班主任邓老师多年后回忆，还在村小学读启蒙班时，我就显露出对文学的痴迷和热恋。我那时最喜欢看的书是《儿童文学》，隐约记得其中一篇文章，讲述一个农民伯伯在山野采摘野草莓受伤，然后被一个少年相救的故事。也许人性善良的光芒从那一刻起就在我心底闪烁并如新苗般根植。记得还在读小学三年级时，其中一个记忆片段便是某篇作文要求续写一个西藏妈妈牵着孩子在雪地饿昏过去后的场景。课堂上，我抛开了一切杂念，仿佛自己已经置身于茫茫的雪域高原，任思维的马匹在疆场上驰骋。我听见了孩子恸哭的号啕声，我看见了孩子妈妈逐渐冰凉的身躯。霎时之间，文学之火温暖了我幼小的心灵，善良的光芒炙热了高原上的人们。一个牧羊人用仅有的食物救醒了昏迷的妈妈，又护送母子归家……几天后的作文课上，当语文老师用颤抖的声音动情地朗读我这篇作文时，"她的想象力太丰富了！"她说道。那时，我深深陶醉在全班同学齐刷刷射来的无比羡慕的目光中。那篇作文很快成了整个邮亭中心小学校的范文，也从此拉开了我写作人生的帷幕。

　　上初中后，对我最有吸引力的莫过于每周一次的作文课，对待老师布置的每一篇作文，我都会花费很多时间来谋篇布局，争取不落俗套。如果哪周因故未上作文课，我便失魂落魄般难过和无奈。因为每次作文课，我都会沉醉在语文老师念我作文的喜悦和当作家的梦幻中。那时最期盼的就是过"六一"节，虽然贫穷的家庭始终不能让我穿上漂亮的节日盛装，但是学校墙报张贴的作文榜单上位于榜首的我的作文，常常能带给我巨大的幸福感和成就感。读初中三年级时全校举行了一场声势浩大的作文比赛，当时的作文题目是《一件难过的事》。仿佛心灵的牵引，九泉之下的父亲拉着我的手，一同漫步在山梁。父亲是党的一名普通基层干部，为给村民谋幸福，他风里来雨里去，不幸积劳成疾，很早就离开了我们。蘸着点点血脉之情，在盈盈的泪光中，我在素洁的稿笺上仔细描画着父亲的身影，抒写着父亲的胸臆。还记得，当舒校长亲自把一等奖证书和一本作文书郑重地放到我的手心，叮嘱我要好好读书时，全校师生数百人的目光是怎样灼热了我的心魂，助推了我文学追梦的脚步。二哥利用课余时间编织竹锅盖、竹筛等竹子制品卖，用换回的零钱从邮局订阅了《收获》《十月》《当代》《小说选刊》《大众电影》等文学杂志。我常常趁他不注意，从书架上偷出书刊，上课在看，下课就写小说，所以学习成绩除语文出类拔萃以外，其他科目竟然一塌糊涂。因为偏科，接连两次我都与高中无缘。这不禁让二哥捶胸顿足，大哥远走家乡后，高中毕业的二哥主动放弃了读大学的机会，毅然帮助母亲挑起了家庭的重担。

1987年秋天，二哥背着给我买的新被子，一手提着新买的水桶，一手牵着我走进了他的母校邮亭中学。那时，我已经从他忧郁的眼神中读懂了他对我的责备和期盼。我不再痴迷文学，开始认真读书，这是我走出乡村、走向未来人生必须经受的磨砺和困苦。我不再偷他的书刊不分昼夜地看，同时把文学的萌芽深深埋在心底，我在朝着理想的殿堂奔跑和冲击。那个时候，姐姐已经考进了重庆的一所名牌大学，成了村里第一个走出来的大学生。

二哥的诗文频频亮相于报刊，他也同时成了乡村致富带头人和大足县的劳动模范。他出众的才华和相貌，以及勤劳善良的品格，受到姑娘们的青睐，爱神之箭不断朝他射来。就在青春的花蕊和爱情的蓓蕾尽情绽放时，就在幸福的生活朝我们一家招手时，我记忆中一个让人断肠的生命黑洞无情地打开，二哥被一场突如其来的车祸夺走了年轻的生命，时年25岁。

近在咫尺，我们却不能见面；我高声的呼喊，你却再也不能听见……巨大的悲痛撼动着我的心魄，血泪中，我颤抖着手描摹二哥的身影和笑容，《春祭》成了我发表在报刊中的处女作。多年以后的2014年春季，当这篇文章被收录进中小学生课外阅读物《心灵物语》丛书时，我还数次从梦魇中惊醒，哭喊着哥哥的名字，想要找回昔日的光阴，想他牵着我的手，一起歌唱。

我坚决不承认二哥已经离开的事实。他的目光就那样满含希望和忧悒地一直注视着我，鞭挞着我，直到我考上大学、参加工作、走过人生一程又一程驿站。还记得，在重庆教育学院宁静的校园中，当情侣们在花丛间喃喃细语时，学院图书馆的书架后匍匐着我清瘦的身影；在重庆大足县弥陀中学简陋的寝室里，点点的烛光摇曳出我伏案笔耕的身姿；忍住寂寞和孤独，在文学之路上我踽踽独行，等待着花开的那一刻，以慰藉二哥在天之灵。

机会总是为有准备的人而等待的！

1999年的深秋，我抱着一大摞在各地报刊发表的文学作品，走进了新华社重庆分社主办的重庆青年报的大门。从此，我走出了山村，走进了城市的高楼大厦，走进了我用心血和梦想编织的神圣殿堂。我当了报社记者和主编，我酷爱的散文作品发表在更多的报刊上。当我和姐姐同时站上领奖台，当我代表获奖者发表感言时，二哥，你的身影又浮现在我的脑海。我无语哽咽：二哥，平凡而又不平凡的你，不管年轮如何增加，时光如何变换，你的文字，你的面容，你的品格，像脊梁一样挺拔在我的心中！我该拿什么来祭奠你？就让我用一生的挚爱，继续着你的文学追梦吧！

文学艺术的力量和精神，这又何尝不是一个国家和民族的脊梁和魂魄，它永远如月华那样，无论走过怎样沧桑的岁月，都将在人们的心底熠熠生辉。

· 我在有红旗的地方上班

我一个人跟着老公到南充定居，老家亲人们都不在身边。他们对我的生活和工作都不是很清楚，也不太了解。甚至我那淳朴的乡亲会问：你搞旅游营销宣传的，是不是整天在外推销东西呀？

本来也是的，我们不是整天南上北下推介南充旅游么？

今年夏季我接高龄的母亲到南充耍。她一般很不愿意来，来了我也要像哄小孩似地天天带着她去逛公园看稀奇，生怕她提出回老家的话来。这天我开车带她到锦绣田园去，正好路过市政新区，正好路过我办公的市政府大楼。我随手指了指那楼，说："妈，我在那里上班。"母亲很惊奇，她呆了半天，回过神来，然后很神圣地说："哦，你在有红旗的地方上班呀！"

母亲一生的念想只有丈夫和儿女。爸爸是个共产党员，而且是个忠诚的党的普通干部。她很支持父亲的工作，父亲由此一心扑在工作上，劳累成疾，早早过世。但是母亲没有埋怨父亲的"无情"，仍然抚养我们长大成人，并且我们都进了政府部门工作。

我恪守着父亲的遗言，力争做一个正直而善良的人。如今在有红旗工作的地方上班,兢兢业业,在自己的岗位上努力完成每一份领导交给我的工作。

　　望着我工作的地方,我想起母亲的话,突然就莫名地伤感:想起父亲工作的年代,想起那个时代的党员先锋模范,高高的红旗依然在飘扬,可是有多少人越往高处走的时候,就越会在它的风采下迷失自己呢?

·滴血的观音

因为一个偶然的因素,她和他相识在重庆市某县一个偏僻的乡村中学。

她在中学任教语文,刚刚才从师范大学毕业一年。他在中学旁边的某部当参谋,也才从大学毕业三个月。

她第一眼就迷恋上了他魁梧的身材,方正刚毅的脸庞,不苟言笑的面容和稳健的谈吐,当然还有令人炫目的北京指挥学院就读的经历;他喜欢她那天然的清新气质,高挑的身材和满腹的诗书才华。

一见倾心,在寂寥的时空,两个人很自然相恋了。

犹如两颗石子,先在部队砸开了锅。"她一个普通的乡村中学教师,没背景没家财,你要往上走,就难了!"部队的老同学,包括领导等"过来人"语重心长地开导他,甚至开始积极在县城和省城给他物色"有背景有靠山"的姑娘。"你找他是很不现实的,离老家那么远,以后自己生活好辛苦。为什么不在就近的县城找个好点的人家?学校的女老师哪个找的不是官二代或富二代?"亲人和朋友们轮番"好言"相劝,都为姑娘的选择扼腕叹息。

然而两个人铁石了心,在"好心人"们的遗憾中毅然走到了一起。

乡村学校条件很简陋,一间寝室还要三个女教师合住。部队首长感念两人的爱情不易,特地许了一套住房给他俩当"爱巢"。她清楚地记得,直到孩子出世前,直到她离开部队"飞"向更远的地方,那个部队的"家"里都有些什么。一张床,一张桌子,两把椅子……就那几件有限的衣服,还得挂在墙上的钉子上……

然而她永远记得:夕阳下,雨雾中,她放学,他下班,两人吃完饭后,手牵着手一起看夕阳,一起去登山、钓鱼、踏青、采摘山菜……只留下清晰的背影,被部队和周围乡村的人们啧啧称叹。

日子在逝水流年中渐去。结婚后的第五个年头,他们迎来了爱情的结晶:女儿出生了!自古以来好事成双,就在女儿9个月的时候,她依靠自身强大的实力,考入了新华社重庆分社,当了一名令无数人羡慕不已的记者。

就在她离开乡村带着女儿到都市生活不久后,已经就地转业的丈夫告诉她一个惊人的秘密:他原本就是飞行员出身,只是因为一个偶然的因素停飞。他经过自己艰辛的努力,已经考取了湖北一家民航公司,将要重回蓝天!

日子在如锦流年中流淌,女儿在优越的环境和繁华的都市中渐渐长大,每天接受着无数人钦羡的眼神。"妈妈是著名记者,爸爸是民航机长。"

这个她,便是主人公的我。

当我讲述到这里的时候,我已经从报社调到市政府机关工作,担任着更重要的任务。

直到一件事的发生。

丈夫这几天正好在家休假。昨天晚上，我取下他胸前佩戴了八年多的玉观音，准备清洗一下红丝带，这是他重回蓝天后我给他买的，只祈愿平安和快乐与他永相随。灯光下，我仔细翻看着晶莹剔透的玉饰，突然发现在红带子与玉佩之间相衔的凹凸地方，一抹红色的印迹赫然在目，与通透晶莹的玉形成鲜明的对比。我纳闷不已，这是什么东西呢？

丈夫看见我质疑的眼神，踌躇了很久，终于开口："我怕你担心，有件事一直没告诉你。我这次回家是有原因的。这次在内蒙古飞行，飞机起飞的时候，因动力不足下坠，降落时起火，我从飞机出来时把头碰破了点皮。"

他说得轻描淡写，但我望着他头上的伤口，想起他的谎言，他当初说是他在沙丘不小心摔跤碰破的，不敢想象那惊心动魄的一刹那，一个人拥有怎样坚强和博大的胸怀，怀着对家庭和爱人多么深厚的爱，才能用这般美丽的谎言来掩饰！我的泪水一下就盈满了眼眶！

想起现实生活中那些借口不现实的爱情和婚姻，我突然觉得在滴血的玉观音面前是很苍白和无力的。有些承诺，就像这玉观音的心，是深藏在灵魂深处的美丽和光华，不动声色地闪耀着灼灼的华彩！

· 今夜如此美丽

今夜无星，但我相信满天繁星定然闪烁在每个人的心空，他们手中高擎的蛴蟆灯就是岁月传承下来的宝石，在文化的长河里熠熠生辉；今夜无月，但我笃定皓月映照着每个人的心灵，那一声声充满激情的吟诵和歌唱声早越过百年光阴，穿过时空界限，震撼着世界的生灵。

"蛴蟆公，蛴蟆婆，我把蛴蟆送下河……"正月十四，晚上六点半左右，在四川省南充市嘉陵区的三会镇，从成都、重庆、遂宁和南充等地不断涌来的人流齐聚街头，汇聚成一个涡流中心。数万人同时点燃蜡烛，举起一盏盏纸糊的竹灯笼（名蛴蟆灯），高唱着音律简单却极其扣人心弦的蛴蟆歌，目睹静伏于此地多时的一只竹制巨型蛴蟆王。它伸个懒腰后，叉开四肢，张开大嘴，鼓动腮帮，伸出喉舌，被四个壮汉吆喝着抬上轿子，颤悠悠地开始了游行。

我被人群簇拥着前进，像蜗牛挪步。红红的灯笼汇成一条闪亮的长龙，沿着老街游弋着，它雄赳赳地穿过学校、医院和政府，梭过麦香四溢的面包店和五颜六色的商铺，朝春天的田野进发。看看啊，年少的孩子扶着年迈的父母，羞涩的姑娘拥着俊朗的小伙，年轻的夫妻牵着学步的孩童……每个游人的脸似乎都激动得通红，好似酒精催熟的样子。高亢的拉歌和声嘶力竭的呐喊，刹那间缩短了人和人的心距，你甚至能听到每个人怦怦激越跳动的心跳声。我不知道，已经有多少年没有听到如此动人的心律了。那时那刻，嘉陵区三会镇正在举行一年一度的蛴蟆节。蛴蟆节的由来是岁月留下的伤痕，本意是那个年代的那些事情，在春天万象更新的时候，驱除瘟疫，送走灾难，祈来幸福。而此时此刻，夜色阑珊，灯火璀璨，歌如潮，人如海，今夜的三会是美丽的。这种民族传承的文化和精神，它是不是已经超越了苦难，演绎成另一种幸福和吉祥的象征了呢？它更像是流淌岁月拧成的一条绳子，把来自不同地域不同口音和肤色的人们紧紧拴在了一起，来感受川东北这片土地的多情和神秘。

我的心就这样被红色的灯笼光亮辉映着，温暖着，跟随着队伍一直前行。身边是成都龙泉赶来参加节日的两个小伙子，抬着红红的大蛴蟆灯，其中一个小伙子扯着嗓子带头喊音，那浑身散发出的蓬勃精神和力量，迅速感染了长龙般的队伍，欢乐的浪潮一阵高过一阵，直至拐出街头，奔进田野。

突然间，几声轰鸣过后，山头盛开出一朵朵璀璨的礼花，瞬间映照了那静静的河流和山川，也播映出历史和远古，以及这片土地上的沉寂和悲欢，还有那曾经的故事，那积淀的文化长河。熊熊火光中，在川东北深山的一隅，在嘉陵江水潺潺流过的一湾，我仿佛看见素衣长袍的黎民百姓在血雨腥风中奔跑和呐喊，我还看见美丽灼热的大地上生灵涂炭，春天本来笑着走向这里，大地却沧桑荒凉一片，蛴蟆瘟疫肆虐，残酷的战争又血洗人间……历史的胶片回放，闪过远古，闪过清初，闪现今天，仿佛凤凰涅槃，定格于清丽婉约的嘉陵绸都，声名远播的三国陈寿万卷楼，历史文化再现的田坝会馆，藏珠含翠的七宝寨……嘉陵的柑橘在开花，嘉陵的桑蚕在吐丝，嘉陵的白鹭在翩飞……"美丽嘉陵，我为你点赞"，几个晶莹的大字出现在红红的灯笼上，也在我的视野生根发芽，今夜的嘉陵是美丽的！

沿着嘉陵溯源而下，不必说阆中的皮影，蓬安的蚌舞，营山的翻山铰子，南部的傩戏，西充的灯戏，顺庆的大木偶……沿江无数朵珍奇的浪花，汇聚成嘉陵江畔南充城璀璨的文化星河，嘉陵江滚滚而下，它也融入长江，融入大海，成为中华大地乃至世界之上的一朵奇葩，在星光的长河里闪耀。

礼花在不停闪耀，静寂的河流和山川仿佛突然间被热闹欢乐的人群惊醒，人们来到西溪河边，纷纷把手中的蛴蟆灯插在溪边。今天的西溪河，早已经把岁月的尘埃和砂砾淘洗，把历史的沉寂和痛苦掩埋，夜色阑珊，空气中送来细微的暗香，那是麦苗和菜花的气息，应和着人群欢乐的呼声和歌声，安静地流淌着。它源于西南最大的人工水库——升钟湖，又汇聚成嘉陵江最大支流——西河，注入南充的母亲河嘉陵江。

今夜的西溪河是欢乐的。沿河的西充、顺庆和嘉陵等地，人们都以这种传统的方式，祈祷来年的风调雨顺，承袭着古老的民俗，传递出今天的幸福和吉祥快乐。

第五辑

土：寸草春晖

· 父亲的脊梁，母亲的守望

2014年2月9日上午11时许，当深埋于地下四十年的父亲与我见面时，我觉得是那么的亲近和自然。在人们的口碑中，他是那么的能干和清廉，为官一方的他倾其所有，把一方水土浇灌得山林青青，水土丰饶！在叔父和姑姑等长辈的描述中，自幼丧母的父亲是家里的脊梁，省吃俭用供养弟弟和妹妹读书……多少年来，我就只能在心底一直描摹着他的模样；多少年来，每次走过他的身旁，我都期盼着他能呼喊着我的小名，揽我入怀……

老家征地，亲人们的坟茔都需要迁移，早在腊月，家侧面山坡上的祖坟和村里其他人家的亲人墓冢都纷纷迁移，只剩下父亲的坟茔，守望着他曾走过的山野。10日晨，天气很冷，雨丝不断。父亲启程时，我突然抑制不住伤感，泪水奔涌而下。足下的这片热土，在不久的将来会被一个现代化的工业园区取代，我多么希望父亲能再看一眼这青青的山林，多么希望他永远记住这个当年曾战斗和生活过的地方！

上午11时许，在绵亘不绝的巴岳山麓，在一片青翠葱郁的松林坡上，父亲安息在一个很敞亮开阔的地方。周围，依然山林青青，前面，依然水土丰饶。

此时此刻，飞雪已经化作春雨，漫天而舞。在这万物勃发的新春，在这静静的山岭，春之歌的韵律震颤着我的心灵，父亲，是你牵着我的手吗，和我一起漫步在山梁？

葱绿的山坡上，满目的桐子树，沐浴在飘洒的春雨中，一株株吐蕊绽放。微风拂过，水珠自黎青色的树干滴落，钻进湿漉漉的土壤，沙沙沙……如春蚕在咀嚼桑叶，如少女在抚琴弹曲。有花瓣在风中飘飞，蝴蝶般飞落在你身上，我便看见蝴蝶的翅膀抖落一个五彩的幻梦，幽幽地飞进了你的梦里。

你说：到了秋天桐子树结果子的时候，村里人就会有光亮照亮夜空；你说山脚那片沟渠，已经改建成一口大鱼塘，里面还种满了藕荷，村里人一年会丰衣足食的……看着你眼里闪放出的熠熠光芒，我真的感到就有一束火苗，在村里人的心里熊熊燃烧着，照亮了贫穷的村子，照耀着他们远方的路。

为了这个梦的实现，身为社主任的你，在冬天，你迎着朔风；在炎夏，你冒着酷暑。是你踩着清晨第一滴透明的朝露，是你用佝偻的腰肢送走天边最后一抹晚霞，是你把血汗倾注在了这块褐色的土壤里！作为一个基层最普通的党员干部，你说焦裕禄就是你的榜样，你多想把缠绕在人们身上如丝的贫穷解开，你多想搬走压在人们心上苦难岁月的沉重磨石啊。

可是，积劳成疾的你，染上沉疴，在村民的热泪中，化作了一杯春泥，回到大地的怀抱里。父亲，你就静静地躺在这块滋养你的土地上吧，不要再奔波劳碌了，让山风为你吹响生命的乐章，让茁壮的树干为你遮蔽风雨和太阳！

父亲迁坟的前几日，我走进老家院落。村里所有人家都迁移到了临近的城市，只有母亲，在这里做着最后的坚守。

母亲背着沉重的背篼回到院子时，背篼里面装满了青菜。看到她佝偻的腰肢，满头的白发，我的眼睛一下子就湿润了。我在城市里买了很好的房子，有花园，有露台，可以种菜种花，并特地给她收拾了一间屋子。可是每次和丈夫一起接她去养老，她待几天就要闹着回家，说心里放不下家里养的鸡鸭鹅和猪。她一回家就要做农活，我不想高龄的她还这么劳累，尤其是母亲这辈子坎坷的命运更让我悲痛：她几个月大失去母亲，人到中年又失去丈夫，之后再失去最疼爱的儿子。母亲这辈子含辛茹苦地把我和姐姐、哥哥养大，我一直想让她晚年幸福和快乐，但她却一直离不开庄稼地，这成了我的心病。

母亲看到我，非常高兴。不停地搓着满手的泥巴，然后进卧室弯腰从坛子里拿出几块糖放到我手心：在她眼里，我永远都是那个在橙子树下等着她赶场回家要糖吃的黄毛小丫头！母亲然后带我到田里看她养的鸭，又去后院看她喂养的猪，眼里全是骄傲和自豪的神情。也许，她在这里生活得很快乐，我的担忧是多余的。母亲一直在这里生活，也是在永远陪伴着家里的亲人：为村民劳累而逝的父亲和英年早逝的哥哥！

晚上，她煮我最爱吃的腊肉排骨。每次回家，她都满心欢喜，恨不得把所有的东西都煮来给我们吃。女儿曾经写过一篇作文，被老师当范文在全班念读，其中最动人的词句就是描写外婆在灶膛里给她烧烤香喷喷的红苕和土豆，她说班上的小朋友很多都流泪了。我烧火她煮饭的时候，看着她的手，我真的很想哭。她是那么伟大，自己目不识丁，居然能把我和姐姐抚养至如今的模样。我和姐姐能从当初这个狭小的家门走进大学的校门，我能在绚丽的舞台上尽情歌唱，能在高楼大厦写字间里主编报纸，能在市政府宽敞明亮的办公室里忙碌，都是她这双粗糙而厚实的双手托举的啊！

晚餐时，她坐在旁边久久不动筷子，看我这个属狗的人啃骨头啃得那么津津有味，眼里充满了慈爱的眼神。我突然就想起上次回家，她把青豆放在碗里细细研磨，居然在半夜给我做出一碗清香甜美的豆腐脑的事情来。母爱，总是在不经意间就像春雨般，慢慢渗透进心里，融化进血液，成为永恒的记忆！

我在休息，母亲却始终在厨房忙碌着，给我弄这弄那。母亲在不停地唠叨，我就一直听她说家里的事情，村上的事情，田野的事情，小时候和现在的事情，更多的则是父亲的故事……闻着乡野淡淡的青草味，我真希望母亲的身影就永远在我视野的地平线上伫立，永远听她这样絮絮叨叨！如果一直有机会听她谈话，这该是多么巨大的幸福啊！泪水，从我的眼眶中悄悄滑落了……

· 送别

当您用那深情的目光久久地凝视着我，清亮的眸子里嵌进女儿的倩影，嘴唇溢出一丝欣慰的笑容时，当我默望着您的清瘦面庞，和那被无情岁月染白的双鬓时，母爱，像暖流一样迅疾流淌了我全身。

风拂动了您额前的发缕，翩然飘飞，您却只是静静地站着，脸面平静得恰如一汪深秋的潭水。但我已经透过那扇心灵的窗户，窥探到了您灵魂的深处。此时，一颗炽热的心，正在激烈地跳动着，心海掀起的潮水，正在高涨着。如今，女儿就要离开家门去远行，到很远的地方上学去。妈妈，您的骄傲，您的担心，明明就写在您那慈祥的面孔上，难道女儿还会读不懂么？您的嘴唇微微翕动着，千言万语，似乎就像潮水一般，从心海深处奔涌而出，然而，您到底什么也没说。

您那双长满茧子的手，轻轻地抚摸我的头，仔细地为我整理好衣扣。当您一丝不苟地做着这些的时候，我感觉到您的手指头在轻轻地颤抖。

"好好念书，将来做个好老师。"悄悄的一声低语，像和煦的春风，从我的心湖吹过，泛起一层层细微的涟漪。

鞠躬辞别，走了很远，蓦然回首，家门前那株茂密的橙子树下，朝着我的方向，您还在痴痴地站立。泪水，再也藏不住了，从眼眶里滚落而下，一滴、一滴……

我突然明白了，妈妈的目光，就是一根长长的丝线，无论我走到哪儿，她都会拴住我的！

·母亲的年夜饭

老家的人都说,年逾古稀的母亲已经老糊涂了,或者是经受的打击太多,神智已经失常了。

是的,母亲自幼命运多舛,在她嗷嗷待哺时外婆就因月子染上风寒病而与世长辞,在她中年时父亲又不幸得病悄然离去,正当哥哥壮年时,母亲却再次遭受心灵重创:正直英年的哥哥因车祸撒手人寰后,母亲一度陷入绝望之中,她时常叫错人的名字,经常和邻居争执,或者吵架。但是坚强的母亲很快挺了过去,因为还有我和姐姐正在读书。母亲说:"女娃也要读书,不要像她那样一个字都不认得。"她更加勤苦,拼命劳作,以换取我俩的学费钱。我至今依然记得那时的情景,我和姐姐拿到大学录取通知书到村里下户口的时候,母亲脸上泛着红光,眉梢里满是自豪和骄傲。

眼瞅着母亲就过上了好日子。我和姐姐相继大学毕业,参加工作后,虽然我远嫁他乡,姐姐就在老家,但我们都想把母亲接到城里过舒适的日子,只是她坚决不同意,非要在家里守着几亩田地过活。逢年过节,我们回家看她最快乐和幸福的时候,就是她往我们车里装鸡蛋、面粉、咸菜、土鸡、土鸭等土特产的时候。

前年底，母亲坚守了几十年的田园生活被打破了：政府征地拆迁，老家方圆几十里被规划为重庆远郊的一个大型工业园区。姐姐把母亲的生活起居用品全部搬到了城里的家，又特地给她布置了一个房间。但是母亲不乐意搬家，开始找邻居的茬，和人吵架。村里人都说母亲又失常了。直到村里所有的人都把房子租借到了镇上或者城里，等待政府修好的新房子居住，母亲还是一个人经常偷偷从姐姐家里跑回老家，点上蜡烛生活。

那年春节，我打算就在四川南充过除夕，正月初九回老家，因为家里征地拆迁后，只有父亲的坟茔还在那里守望着他曾走过的山野。我给母亲打电话说这个决定的时候，母亲开始有点勉强，但是最后她还是同意了。父亲是让我们骄傲和自豪的，他曾是党的最基层的一个普通干部，但是他为了老百姓的利益而鞠躬尽瘁。四十余年过去了，父亲至今依然受到村民们的怀念，父亲一直如同我们心中的丰碑一般挺立着。

回到姐姐的家，母亲很安详。她脸色和蔼慈祥，不停地说着这说着那，精神和神智一点也没有问题的样子。她说老家都搬空了，就住这里了，不回去了。

"小妹，你们晓得不，腊月三十中午，我们一家到重庆走亲戚去了，妈一个人到街上买了鸡鸭鹅，回到老家忙了一天，弄了好大一桌子菜，等你们回家过年。"姐姐说。

我突然一下想哭。

原来在母亲的心里，父亲和哥哥一直都在，远行的儿女都在……

过年，大家都是要团聚在一起的。就像小时候，我们都围着桌子吃着、喝着、闹着过节，而母亲满面笑容和红光，一直在厨房忙碌着，也幸福和快乐着！

·菜殇

夕阳下，母亲弯腰侍弄菜园的剪影一直辉映着我整个的孩提记忆。

一湾水田边，一条石径下，一丛青林中，是一块方正的土地，周围竹篱笆坚挺壁立。一年四季，肥沃的土里总能长出绿的菜、红的果……无论春草和夏花，不管秋叶和冬雪，都不敌它们的颜色和风姿。这就是我家的菜园子，是守寡的母亲用心血和汗水浇灌出的第四个孩子，也是储蓄我们几兄妹希望和未来的地方。

我三岁那年，身为社主任的父亲撒手人寰。我不知道大家闺秀出身的母亲当时是怀着怎样的一种心情，她毅然剪短了袭腰的满头秀发，斥跑了走马灯似的媒婆，俯下苗条的身子，扛起一个家的重担和责任。

其时我们隶属于大足县邮亭区邮亭乡前进大队三队。生产队土地集中，社员们也集体劳作。人们在一个叫"打缸坡"的山头，安装了一口生锈的大铁钟。每天清晨，只要大铁钟"咣咣咣"沉闷的声音在山谷间悠然回鸣后，乡村的田野就惺惺然张开了眼。于是妇人们抱来柴火开始晨炊，老人们牵着牛儿放牧在露水沾满野草的田埂，孩子们跳跃着跑向学堂，男人们挑起担子奔向土地……这当中也有母亲挑担的身影，许多年后，每次凝视母亲佝偻的腰肢，我的眼睛就会模糊。

那时候，除去生产队里的集体土地外，每户人家还分了几分自留地。这自留地就是各家各户的希望了。我们家的自留地在后院的竹林边，母亲看得很金贵，白天收工后，砍下碗口粗的慈竹，划拉成很细的篾条，再编排成一圈圈的竹篱笆，把菜园子围得严严实实，鸡是跑不进去的了。母亲种的蔬菜品种很少，只有大头菜、萝卜、虎耳菜、莴笋和白菜等。大头菜和萝卜是必须要种植的，秋天成熟后晒干，用母亲从山里淘来的陶瓷泡菜坛仔细腌渍，就成了家里一年的下饭菜。曾经有一段时间，我哭着不愿意上饭桌吃餐餐都厌腻的咸菜稀饭，母亲就专门在柴灶中焖熟一小碗白米干饭给年纪最小的我吃。新鲜的菜蔬要拿去卖钱。母亲常常在凌晨四五点的时候，就挑着满筐的菜蔬，打着手电摸黑出发了，她要趁天亮工人们上班之前，赶到七八公里远的长河煤矿去卖，以此换回我们几兄妹吃的、穿的和用的，甚至于越来越多的学费。目不识丁的母亲很要强，父亲是党员干部，我们本来可以申请减免学费，但是她从不愿意给大队增添麻烦，就肩挑担子风里来雨里去。"你们一定要多读书，长大了有出息。"这是母亲对我们说的最多的一句话。我1976年上小学时，第一学期的学费是3元5角，母亲卖了一夏的虎耳菜才凑齐。素朴的虎耳菜春生夏长，一到秋天就在竹竿上挂满红艳艳的果实。我和哥哥姐姐们常常摘了果实榨取汁液当颜料画画,给清苦的生活注入许多的欢乐和幸福。

这样的日子一直持续到我生命的第十一个年头。母亲挑担的背影被哥哥取代,记忆中夕阳总是把他颀长的身影嵌进青山绿水中,直至我生命和灵魂的深处,让我时常悲不能自已。

哥哥属龙,生于1964年,比我长6岁。高中毕业后,成绩优异的他毅然决然辍学回家帮助母亲挑起了生活的重担。其时生产队的田地已经包产到户,我们家分了足够的水田和土地。母亲被岁月刻满皱纹的脸庞因笑容舒展了许多,她时常系着蓝色的围裙在田边地角巡视,然后回家煮腊肉、熬豆花给我们吃。哥哥秉承了父亲的手工技艺,砍下成年的慈竹,编织成锅盖和箩筐等器具。每次母亲揭开竹锅盖,浓浓的亲情和淳淳的饭香就飘溢了整个小院,呼唤着我们归家的脚步。

秋末的田野一片萧索。野草丧失了蓬勃的生命力,无力地耷拉着身子蜷缩在硬实的土块中。稻禾的草桩却在寒风中飞舞,张扬着这一个季节的胜利和喜悦。田边的树叶簌簌地飞落,飘在一畦畦整齐的菜地里。哥哥就是在这样一个秋收后的季节,与校园作别,他像一尊精美的雕像,伫立在我们家的菜园子里;也像一首美丽的诗篇,写意进如画的村庄和田野中。

他得在冬天来临之前,做足明年一年菜蔬耕作的准备。水稻已经割尽,稻草已经晒干,被扎成捆,依傍住一棵不大不小的树干,一层层一圈圈堆砌得严严实实,以备冬天的引火柴,或者抽来包扎菜蔬。我和姐姐都在不远的镇中学就读。每天放学后,放下书包我们就跑进田野,把散落的杂草堆在一起,用火烧尽,就地肥用。

哥哥把焚烧后的部分稻田用锄头再仔细翻挖一遍。他挖得很深厚。"土深，菜苗才会长得壮实。"他无数次对我们说。哥哥身材俊朗，他挖土的姿势特别优雅，空气中仿佛还飘出淡淡的书香味。喜欢文学、发表了很多诗词的哥哥，一直致力于自考大学的哥哥，如果不是锄头在他的肩上飞舞，很难将他与菜农这个词语相连。

但哥哥就是一个地地道道的菜农了。

他把稻田翻挖一遍后，来到屋后猪圈的粪池边。圈里还卧着一头肥头大耳的花母猪，哼哼唧唧地梦呓着，怀里七八头小猪仔活蹦乱跳地拱着母亲的乳房，咂吧着小嘴巴，兴奋地歌唱和跳舞着。另一个槽圈里，那只待我们宰杀的过年猪则焦虑地哼哈着，翘盼着母亲的喂食。新鲜的粪便从槽圈里涌出来，哥哥的笑容就荡漾在了脸上，这可是菜蔬的绝佳养分啊。哥哥挑粪的身影就在田野和房舍间来回穿梭，不管是晴天，还是雨天；不管是冬天，还是夏天。他经常没有多余的衣服，几乎常年穿一件洗得发白的中山装。我有几次看见他肩膀上的衣服露出了破洞，血丝就从里面渗透出来，晶莹着汗水，或者雨水，或者雪水。很多年后，我的泪水也常常在梦魇中决堤奔涌，淌满脸颊。

哥哥把挖好的田土碾细，把柴灰洒上，再撒上萝卜籽、莴笋籽、大葱籽、白菜籽等。这是川渝一带人们一冬的美味菜肴，也是我们家过年餐桌上的最佳菜蔬。因为田土增多，哥哥种植的蔬菜规模也逐渐扩大。哥哥也让我和姐姐在竹林边的菜园里栽了许多小白菜秧，在万物萧索的冬天，摇着绿油油的希望。

冬天很快来临了。

哥哥作为优秀青年被推选到县里农技班学习了科学养殖和种植的先进技术和经验，因此致富的决心和理想便在他心里熊熊燃烧起来，也振奋了我们的心。我们家的土墙瓦房外，是一片青翠的竹林，竹林下是一湾水田。哥哥的第一个目标是先把竹林坝下水田的水放了，挖成鱼池饲养鱼苗。凛冽的朔风吹打着人的头脸，刀刺般疼痛，哥哥却在田间挥汗如雨，泥浆混合着汗水，常常糊弄了他的头和脸。挖泥，堆沿，最后要嵌石……后山有个采石场，"砰砰砰"的打石声音诉说着哥哥的宏伟愿景。母亲把石磨小麦粉用老窖面发酵，做成酸甜酸甜的又清香又酥软的馒头，让哥哥就着腌渍的大头菜吃。那时候我们家的泡菜坛已经扔了好几个，新鲜的菜蔬还吃不完呢，咸菜倒成了下饭的好东西了。鱼池修建好了，哥哥用山里挑来的石灰消了毒。然后买回水泵，从家门前的小河里抽来泉水般清澈的河水。小河从田埂下轻轻柔柔玉带般飘过，馈赠给我们许多捕鱼的欢乐和幸福后，拨弄着琴弦，哼着动听的曲儿，不知道要奔向哪里。每天傍晚，哥哥和我们把萝卜和大白菜以及莴笋、大葱等搬回家，去除黄叶后，挑到河边洗净，然后用谷草捆扎起来。河水洗净的菜蔬整整齐齐地码放在大箩筐里，闪着动人的光泽。

垒鱼池的石头还剩很多，哥哥就把它们堆砌在猪圈外的竹林边，围成一个小屋。然后他又忙活开了，招呼我们把捆系在树下的稻草全部搬出来，用铡刀切碎，用塑料薄膜包成一个个的小圆筒，在后坡找了个地方蒸熟；待稻草包冷却，便消毒杀菌，点上从农科院买回的平菇菌丝；然后全部搬到小屋去，一排排堆放得整整齐齐；春节来临时，莲花般的平菇盛开在小屋，也怒放在我们的心底。

春天如约而至。一年中最忙碌的时候到了。哥哥把鱼池的水储蓄得满满的，又骑自行车到临近的重庆荣昌县城（这里有所农业大学）买回鱼苗放进去。每天下午，我和姐姐则用石磨把家里最好的大豆磨出豆浆，母亲熬熟后，交给哥哥喂养小鱼儿。

鱼儿在水里自由地呼吸着。菜蔬在土里酣畅地生长着。哥哥把母亲灶头的柴灰全部扒拉出来，挖出青草沤过的烂泥，然后晒干，然后用手搓成一个个的小圆筒，用塑料包裹好，把黄瓜秧和海椒秧苗栽种进去，放在早已经挖好的土垄里，覆盖上塑料薄膜。春寒料峭，春寒冻着早出的菜蔬，但是我们家地里的菜蔬却在塑料大棚里欣欣然生长着。它们生长的速度特别快，每次我从菜地旁经过，都仿佛听见菜们在春风里激情地歌唱，生命在料峭的寒风中张扬。新鲜的黄瓜和辣椒上市了，哥哥一担担地挑到镇上去，送到各学校或者工厂。他已经不再在长河煤矿卖菜了，邮亭区也已经撤并成大足县邮亭镇，激增的城镇人口需要大量的菜蔬供给。哥哥的声名很响亮，从县城领回了先进模范的奖状，也带回了发表有他诗作的报纸。每天到家里学习种养殖的农民们也多了起来，他便毫无保留地一一示范。有人说他傻，他总是憨厚地一笑。

哥哥的傻却赢来了姑娘们的青睐，那时候他已经取得了四川大学的自考文凭。春天的花儿在田埂边，在父亲的坟茔上灿灿然地开放，野草也蓬蓬勃勃地长满沟渠和川野，香樟树的嫩叶站在枝头深情地张望着小院，芭蕉的深绿滴满无限的落地馨香……姐姐已经到重庆上大学去了,她是我们村第一个走出的大学生。夏天也很快风风火火地到来了。田野里,瓜儿熟透了。水池边,鱼儿在欢呼雀跃。丰收的希望洋溢在我们家每一个人的心头。这样的丰收景象,在我的心海盛开了十八个年头。

就在第十八个年头,在我的生命如花绽放时,哥哥像一颗流星,划开辽远的苍穹,以刺痛的雷响,在我们的视野里陨落!那天黎明,在通往镇上的铁道岔路口,我不知道当呼啸的列车从他身边碾过的那一瞬间,我的心是如何破碎在那黑暗中他走了无数次的卖菜路上;当浸满鲜血的蔬菜散落一地仿佛盛开的花瓣时,我却知道那一定是哥哥圣洁而高贵的灵魂在呼唤:我爱这个人世间!

怎么能归去?这里有你的亲人,有你的诗歌,有你的爱情和人生!

怎么能离去?即使后来我和姐姐在城里过上很好的生活,我俩的地被生产队收回,母亲依然守着山中的父亲和哥哥,守着后院竹林边的菜园子。她还种植萝卜、大葱、白菜等菜蔬。圈里依然有年猪在酣睡。她常常佝偻着腰肢在竹林边张望,仔细聆听我们轿车回家的鸣笛声。乡村一级公路早已从我们家后院菜园子边穿过去,直插铁路深处的长河煤矿(那里已经扩建成一个繁华的工业园区)。她常常无语地用惆怅的眼光迎送着村里的人们进进出出。村里青壮年都出去了,只有几个老人和孩子还留在庄户里,固守着家园。因为留守人口少,就近的三个大队合在了一起,印章为"大足区邮亭镇天堂村"。稻田干枯了,长满了杂草;土地荒芜了,丛生着野草;小河断流了,琴弦的妙音已经变成遥远的记忆……

  2013年春节再回老家,我和姐姐含泪把父亲和哥哥的坟冢搬迁到了巴岳山深处的黄泥塘附近,那里依旧山高水清。当我们把母亲搀扶到了小河边的高架桥上,看见等候此地多时的推土机像一只饿虎,猛地扑向我们世代居住的小院,扑向那翠绿的竹林丛和青葱的菜园子时,母亲的双手在颤抖,我的泪水再也忍不住,顷刻间泪如泉涌。周围的村民们都搬迁到就近的镇上居住去了,这里要修建一条高速公路,同时还有一个大型的工业园区。

  2014年11月30日,我和姐姐带着母亲,从双桥开车回老家,仅三五分钟,通过一条宽阔笔直的八车道公路,就回到老家的面前。我的母亲第一时间奔向了公路边一个泥土堆,久久凝望和伫立。后来我才想起,那曾经是父亲和哥哥以及祖上亲人们的坟茔地。但是公路还在完善,花木正在栽种,这泥土堆将会很快淹没在崭新的现代化工业园区中。我发疯似地跑向道旁的新挖出的泥土堆,向下望,向左望,向东望,我终于看见还有那么一段小溪流从眼前流过,但是泥土已经淹没在她的胸前了,我听见了她痛苦的呻吟和绝望的哭泣!我看见一座现代化的大桥从她的上面通向远方,我知道我的童年和乡村就在眼前的桥上断流了!它们永远也回不到从前了。

·寻找舌尖上的童年

在菜市上发现一个农村老大妈卖蔬菜,我买了一大堆,又惊喜地发现她兜里还有一两斤胡豆,我也毫不犹豫地买了。

我现在从不在超市买蔬菜,总觉得茄子没有茄子的味道,西红柿的味道也变了样。我总是喜欢走很远的地方,专挑农村大爷大娘新挑来的菜蔬。因为从小在农村长大,且好多菜蔬自己当年也种植过,所以我一眼便能分辨出菜蔬的地道与否来,我觉得这绝对应该是孩子的遗憾,女儿从来不知道地地道道的农村菜蔬是什么样的。所以我现在就经常在厨房里教她认识各种各样的土菜蔬。我觉得我是给了孩子将来料理家庭生活的一笔财富,同时也是给予她未来幸福生活的一点无形中的财富储蓄。

我迫不及待地走进厨房,把一袋盐倒进锅里,然后把孩子叫到锅边,那时候她正在上网听音乐,手指也才从钢琴的键盘上拿下来。我说:"小时候外婆炒胡豆是用沙的,我用盐巴代替是一样的效果。用小火这样慢慢地翻炒,炒出来的胡豆就会很香很脆。小时候,胡豆漫山遍野都是,最欢喜的是生产队长锣鼓一敲打,说分胡豆了,大家便欢天喜地地聚集到一起,欢天喜地地拿回分到的胡豆,回家欢天喜地地煎炒,然后倒进口袋。如果遇上哪里有电影看,胡豆便成了看电影时的最好美味了。"

这时候,我许多童年的记忆便如水一般渗进心灵,也湿润了我的眼角。关于那个年代的,关于那个年代的久远的一些事情,关于那个年代舌头上的刻骨铭心的记忆,都让我不能释怀。

那时候的记忆,大多都是与饥饿相关的。母亲一个人要抚养几个孩子,是多么的不容易。但是于艰难之中,母亲却总是给了我童年最美味的记忆。自留地种植的花生和胡豆,家里再穷都是不会卖的,过年时,妈妈把它们煎炒一番,然后一颗颗地让它们在我的怀里发出欢乐的尖叫声,这是我心灵中最美好的记忆。夏天的院坝里,玉米棒子的毛穗和麦穗的毛刺有时会刺伤我的皮肤,但是却让我的心满盈喜悦。我知道有了这些东西,我就会离饥饿远一些。所以啃着玉米看着院坝的萤火虫飞舞,我的童年是幸福和快乐的。

"现在从来看不到萤火虫了,不知道萤火虫是啥样子。"娃娃在我身边说,在我敲打出一排字的时候她这样说。

是的,现在要想找到我童年吃的那些东西的味道,就跟找萤火虫一样困难。我每天在菜市场闲逛,很久都不知道买什么好。总怕这鱼是喂了肥料的,这西红柿是上了色素的,那茄子是弄了膨大剂的。

就跟我家乡的小河已经断流一样,我知道,童年的记忆已经衔接不了现代的生活了,就永远只能是记忆了!

· 藏在碗底的深情

「一」

"大孃走了！"远在老家重庆大足的姐姐打来电话，时间定格在公元 2015 年 1 月 24 日晚上，就在大孃 90 岁生日的前夕。

孃是重庆乡村方言，姨的意思。

我竟然第一次在一个至爱亲人的逝去时没流眼泪，如此高寿的大姨，一个平凡普通的农妇，历经世纪之交，苦其一生，她终究是圆满自己，去往的世界一定是只充满美好和幸福的了！

但是我的心却被黑夜分割出几个等份，每一个时间段，都清晰地映照出大姨佝偻的身影和憔悴的面容。时间也像经线，牵扯着我的思维，在一阵阵撕裂的疼痛中，我开始梳理大姨的岁月遗迹。

母亲一共五姊妹，上有两个姐姐，一个哥哥，即大姨、小姨、二舅；下有一个弟弟，也就是小舅。大姨叫杨长玉，个子矮小，嘴角有痣，挽髻，裹脚。三个姐妹当中，只有妈妈没有裹脚。但是好一点的是，大姨、小姨的脚都裹得不是特别厉害，这难能可贵地为她们今后的风雨人生稍微做了一些铺垫。外公先后一共娶了三个妻子，她们相继离世后，大姨长姐如母，抚养四个弟妹们长大成人；出嫁后，她生养了八个孩子，其中六个儿子两个女儿。我们家很困难，我曾被寄养在她家一段时间，她总是在碗底给我放一个煎黄的鸡蛋。大姨八十岁生日后，我再也未和她谋面，在此期间她双目失明。如今大姨走了，连同她一起带走的，还有记忆中的老屋、院子和村庄……

「二」

时光回溯，在我出生之前的历史，像电影的胶片，通过母亲的讲述，拷贝到我的思维空间，我不由得拿起笔，从外公家开始写起。

母亲小时候家境尚可，身强力壮的外公胆大心细，于兵荒马乱的岁月中走南闯北，竟然也积累下一些财富，在巴岳山下修建了一个院子，在此安居乐业。他先后一共娶了三个妻子。我的大外婆生下了大姨、二舅和小姨，因病去世后，外公又找了一个大户人家的女儿，也就是我的外婆。我的外婆七十多年前生下了妈妈，这位养尊处优的大户人家小姐，在娘家衣来伸手、饭来张口，到夫家却操劳不已，不幸染上月子病，含恨而去。外祖母一家在当地也算是有点脸面的，怎么咽得下这口气，外祖公带了一大帮人到外公屋里吵闹，摔碎了很多值钱的东西。妈妈说，自那以后，外公家境就一年不如一年。后来他又找了一个贫穷人家的女儿，生下了小舅，不久以后也得病去世了!

接连遭受打击,外公一下子苍老憔悴了,很多事都力不从心,大姨就这样成了一家之主,担当起了母亲的责任和义务。

好在外公曾置下一些田产,成了一家人生活的主要来源。

我眼前的画面就这样展开了。巴岳山下的几间大青瓦房里(这也是外公的骄傲,用自己的智慧和勤奋,让儿女们从小就有一个不错的院落成长),走出了身材矮小的大姨。大姨迈着小脚,牵着两个妹妹的手,招呼着两个弟弟,走过一大丛竹林,走过一个池塘,走过一条小河,走过一座木桥,走过一条田埂,翻过一个山梁,来到一个有蛮子洞的山坡。

今巴岳山下重庆市大足区邮亭镇元通乡永红村的几个山坡,当年都曾有过妈妈的足迹。童年时,每次回外公家,每当我走近一条小河(又叫濑溪河,大足的母亲河),来到这儿的山丘,一片苍翠的松林就会晶亮我的眼神。而让我永远惊奇的是那片苍翠的松林下,一大片黎青色的崖壁上,整整齐齐地排列着一个个蜂窝般的洞口。传说这是先前巴人居住的地方(当地人称其为蛮子洞),它们后来成为了母亲儿时的乐园。母亲说,这儿周围的几个山坡都是外公当年挣下的家产,大姨时常带着弟弟妹妹们到山上捡拾蘑菇。那时候,松林里的野白鹤特别多,飞来飞去,二舅就用自制的火药枪把它们给打了下来。野生蘑菇拿回家,洗净后放锅里用清水煮,因为没有油气,一点都不好吃。但是野白鹤在河边褪毛、剖肚取肠后,二舅就在蛮子洞里用柴火烤熟,很清香。妈妈这样说,常常引起我无限的遐想。我觉得这样的生活,对我来说就像一个遥不可及的梦,那年那月的野味，是多么的美味！在想象中，野生蘑菇和野白鹤的清香美味，早沁入了我的心脾，化作浓浓的墨汁，穿越岁月的风尘，成了我写大姨的能量源泉。

当然大姨永远不会知道了，就在她九十岁生日之后的那一天，这条我童年回外公家走过无数次的路，已经变成一条高速公路；而那些蛮子洞已经被当地政府列为非物质文化遗产保护起来，濑溪河也早成了旅游风景区。那天我是开着车从巴岳山的那一边穿隧道过来，经过这里去与她诀别的。

这路途当中要经过一个先生的私塾，大姨的眼睛是不敢往里面盯的，她明白自己的身份和在家里的地位，小姨和妈妈也不敢。女孩子不能大声说笑，吃饭的时候不能出声音，坐的时候双腿要并拢，女孩子要学会绣花，嫁了丈夫以后要从一而终……诸如此类的封建礼教，外公都一一地灌输给了几个女儿。所以我今天记忆中的大姨表情，始终停留在她那一张布满皱纹的脸上，是愁苦中的微微一笑，有很多的无奈，也有很多的伤悲。多年以后，守寡多年的妈妈也把这些一点不漏地灌输给了我和姐姐，但是我和姐姐后来却都走出了巴岳山，走进了大学的校园，还能用文字回忆和记录当初的一切。

二舅走过私塾时也没多想什么，他对家里的松林坡发生了极大的兴趣，对我外婆陪嫁过来的精致木雕床等也发生了浓厚的兴趣，他喜欢不停地摆弄家里厨房的柴块，用它们来堆砌自己喜欢的东西。外公依从他的心愿，把他送到邻里最好的木匠师傅家里，二舅后来就成为了名震一方的乡村木匠。

唯有小舅的眼睛落进了学堂。小舅自幼聪明伶俐，又长得一表人才，深得外公和几个姐姐的喜爱。家里把有限的银元都拿出来，把小舅送进了学堂。

但是小舅后来的发展却让一家人失望，尤其是几个姐姐。大姨常常后悔，责怪自己，不该把他送进学堂，坚持认为小舅就是因为书读多了的原因，变得迂腐了。他不接受家里给他安排的相亲，看不上小脚的女人，坚持要找自己喜欢的姑娘。这在左邻右舍中都成了一个笑话，后来再也没有姑娘愿意嫁给他。小舅的婚事一度成了全家头疼的问题，也是难以启齿的事情，几个姐姐常常扼腕叹息。连我小时候都为小舅的这种事情感到羞耻，不希望他的身影出现在我们家里。尽管他常常接济我们，给我们送来米面和豆类。

把最小的弟弟送进学堂以后，大姨也到了婚嫁的年龄。

「三」

而此时的外公像风干的蜡烛，岁月湮灭了他所有的风采。外公病逝时，正是橙花盛开的时节。母亲说，临终前的外公，静静地躺在病床上，瘦削的身子像一片枯黄的秋叶，飘零在生命的尽头。他伸出干枯的右手，指指大门外，呆滞的目光突然有了一丝神气，翕动着的干瘪嘴唇想要努力说出点什么，然而他终于什么也没有说出来，最终只是艰难地咳出一口痰后，便与世长辞了。

此时，茅檐下院坝边那片乱石堆砌的竹林地里，独有一棵挂满水珠的橙子树，傲立于淅淅沥沥的春雨中，且在春风中灿灿然地盛开着花骨朵，悄然装点着小院的春色。那一片片不起眼的雪白花瓣，散发出弥久的馨香；遒劲的树干里，也蕴藏着无限的生机与活力。

青丝盘髻的大姨率着小姨、二舅、小舅和母亲，把外公的遗体安葬在了青葱的橙树下。雨珠簌簌而下，仿佛亲人们的泪滴。

母亲说，土改后，外公靠卖苦力为生。每天五更起，他就得摸黑去十余里外的山里煤窑出煤，然后再把煤挑过崎岖的山路，回到山外卖与大户人家，以赚取微薄的钱粮，拿回家养活嗷嗷待哺的几个孩子。不管春寒还是秋雨，不管夏阳还是冬雪。常年的艰辛与劳累，使得外公的背弯了，声音嘶哑了，外公咳嗽得更加厉害。母亲说，有一天大姨用自己积攒了很久的一点钱粮换了别人家的一株橙树，小心翼翼地移栽到了自家的庭院，她希望理气化痰的橙子可以让外公的病渐渐好转起来。

长姐如母的大姨日出而作，日入而息。生活的重担一下子全落到她的肩上，她白天干最重的活儿，想尽各种办法挣钱。院坝边那棵苍翠的橙子树却有着顽强的生命力，直把根漫游到乱石的最深处，充分吸取着土地的营养和汁液，只为春华与秋实。待到硕果飘香的金秋，它就把一枚枚硕大的果实缀满碧绿的枝丫，带给全家一丝丝欣慰的笑容。大姨先摘一篮送邻居，后摘一篮送亲戚，余下的卖了攒钱，留作小舅的学费和家里的生活费。

然而，当儿女们各自长大成人后，当暗香幽幽的橙花再一次灼灼放光华的时候，一片青枝碧叶间，在春天缤纷的落英里，外公却成了花下的骨魂！

童年时，橙子树下就是我们天然的游乐场，我们玩着那个年代才有的游戏，打弹弓、滚铁环、跳绳等。然后趴在树干下看蝉们，它们最喜欢在树下的石头缝隙或者土里挖洞做巢，产下宝宝后就爬上树梢"知了知了"不停聒噪，非要显示自己的存在和当父母的重要。蝉宝宝们成长的过程也是惊心动魄的，先爬出洞，然后在树叶或者竹枝上留下自己褪下的皮，然后就远走高飞了。记忆中闪烁的画面便是盛夏时节，遥望银河闪烁的星星，坐在瓦房下庭院茂密的橙树下，听这棵橙树周围人的故事和传说。

枝繁叶茂的橙树如一把冠盖如云的大伞，庇护着院子里的人走过几十个春秋，岁月的年轮同时也磨走了它的华年，它渐渐老去，根部被虫子噬空，枝丫也渐渐干枯，它最终在一个雷雨交加的夜晚，被风刮削了翅膀般的枝丫，只留下光秃秃的树干，兀立在风中呜咽。

「四」

自然是媒妁之言，父母之命。邮亭区子店乡中华村高家大家族的高爷爷（我从小就是这么叫的大姨父），迎娶了元通乡永红村杨家的大女儿。

我在想，大姨的婚礼一定是风风光光的，这从她的嫁妆就可以看出些许眉目来。我记得最清楚的就是大姨陪嫁的那张床。紫檀色的骨架和脚踏板，非常厚实；床沿上雕龙画凤，精致无比；床的里面有壁柜，床的两侧还有箱子，这是我迄今为止见到的最古老、最精美的木床。后来妈妈的陪嫁也有这样一张床，但显然比不过大姨的，据说是二舅的杰作。

我的童年记忆停留在子店乡中华村大姨家的时候要多些。

大姨自从嫁到高家，就把自己变成了一颗尘埃，谨遵外公家训，牢记高家族规。她一口气生下了八个孩子，其中六个儿子两个女儿。孩子中除了三哥、四哥头脑灵活，性格像父亲以外，大哥、二哥、五哥、六弟和大表姐、小表姐都像母亲那样，不爱言语，所以多年以后，他们的命运也各有不同。

高爷爷长相英俊，身材高大，在高家很有威望。所以逢年过节，家里总是热闹不断。他爱喝酒，干完一天的农活以后，每天饭前都要喝一小杯，但是他几乎不酗酒。大姨总是把酒给他斟好，然后不声不响地离开。她几乎没有多少时间是在桌子上吃完饭的，仿佛厨房和猪圈、水井和小河边就是她生活的天地。

从我记事时候起，大姨给我的印象就是围着围裙，头偏向一边，脸上的表情不悲不喜，默默地走路，默默地干活儿。她本来身材就很娇小，再加上背略微佝偻，走在人群里更加不被人注意。但在通往猪圈和小河边的石板路上，她的一双小脚却跑得飞快。

我之所以这么熟悉大姨一家人的生活，是因为父亲早世以后，大姨心疼最小的妹妹，同时也为了减轻我们家里的负担，就把我接到他们家里住了一些时日。

那是一个很大的院子，位于山坡的半山腰，周围都被竹林包围着。中间有一条长长的甬道，对着正门的几间大瓦房，那是大姨家的。左侧有一排高大的房子，墙壁是用竹子和泥巴混合起来构建的，外面再用石灰刷得雪白，住着高爷爷弟弟一家。右侧是几间小青瓦房，那是二哥成家以后分给他的房子。西北侧有几间小屋，分给了三哥、四哥。东北方向是一户外姓人家，门外有一条小路，可以通往山脚的小河沟。甬道的最南端，就是大姨的猪圈房。

其时大哥成家已经搬出去，他找了一个聪明贤惠的妻子，在后院儿的山顶上建了一排漂亮的房子。他那时是泥瓦匠，有一手漂亮的绝活儿，又加上稳重成熟的个性，被村里人选为大队长。

从我家前进村到中华村这个院子，大概有10公里的路程，它一直铭刻在我心底，贯穿着我整个童年的记忆。从我家门口走过一段石板路，再经过一段长长的土耕路，然后从一个山湾下道。传说这山上有一块石头，如果人站在上面，它就会跳动，大足县志也有记载，称之为跳石。这充满诡异的石头，常常让我产生丰富的想象，既惊奇又害怕。因为几乎每年的正月初二，如果没有母亲或者哥哥姐姐的陪伴，我都要一个人踏上这条通往大姨家的路。当我一个人走在湾底时，因为害怕，就跑得飞快，也不知道山上那块石头跳起来没有。但是大姨的家，有无穷无尽的温暖等着我，从我家到她家那么远的路程，哪怕我脚底磨破了泡，也值得穿越。

从我记事起，大姨家的大哥、二哥、三哥和大表姐都先后成家出去了，每次吃饭前，大姨先给高爷爷酒斟好，然后再放一碗饭在我面前，这是专门为我做的。因为家里劳力多，在生产队分的粮食也比较充足，在大姨家吃干饭的时候就比较多。这让我刻骨铭心。在我家，父亲去世以后，妈妈就成了主要的劳力，每年分的粮食少得可怜，我家的衣柜是专门用来盛放粮食的，能装满一柜子就算丰收了。母亲会计划着这柜子的粮食怎么吃够一年。她最能想出的办法就是做很多的咸菜，然后在粥里加上它们。我家的卧房很简陋，但是装咸菜的坛子却占满了大半个屋子。就是这些酸菜稀饭，让我一到吃饭的时候就哭闹不止，那个时候，我的哭闹在整个生产队都很出名，据说有一次我拒绝吃饭，在地上蹬了一个坑儿。我深深记得，有一次妈妈实在没有办法控制我哭闹的局面，当天晚上就把我关在门外。小院月黑风高，这可把我吓坏了，曾经乖了几天，可是几天后依然如故。妈妈后来想了一个办法，用土碗盛一点米，放在柴灶里煨熟，单独给我吃。但就是这样的酸菜稀饭，也不能保证我们一家五口一年四季的口粮。好在妈妈娘家总是接济我们，小舅常常把家里晒干的豆子给我们带来，妈妈也种些南瓜、冬瓜等充饥，让我们勉强度过贫困的日子。

　　我总是在大姨怜爱的目光下捧起饭碗。"吃吧吃吧。"每次说完这句话以后，她转身就进了灶房，又忙着去煮猪食了。我几乎从来不知道她什么时候吃饭，吃的又是什么。

　　每次捧起饭碗，闻着香喷喷的米饭，心里就特别温暖。因为我知道碗底一直藏着一个秘密，那是大姨对我深情的爱护，仿佛母牛对小犊子的爱怜。大姨总是把鸡蛋煎得油黄油黄的，然后加汤熬煮后，盛放在我的碗底，几乎每天中午都是这样。那个年代，家家户户都养鸡，但是生的鸡蛋是舍不得吃的，没有电灯，照明用的都是煤油，这鸡蛋是要卖了钱以后用来换煤油和盐巴针线之类生活必需品的。有几次我舍不得吃，大姨就说我身体薄，该补一补。她望着我吃饭，脸上就会露出难得的笑容，她那嘴角边的黑痣，我都觉得特别好看。她一年四季都梳着同样的发型，在后脑勺挽一个圆圆的髻，很朴实。

我一直觉得大姨温柔得就像妈妈，晚上我喜欢挨着她睡觉，她就会搂着我给我讲外公的故事，我常常在她轻柔的声音里进入梦乡。

早上一醒来，我总会看见大姨在厨房烧火的背影。那灶门口上面总挂着很多好吃的东西，有春天收获的萝卜干儿，秋天晒干的红苕干儿，还有冬天宰杀年猪后的一些杂碎等。经过柴火熏烤的这些东西，吃起来别有一番风味，既是高爷爷平时下酒的好东西，也是家里来客人时最好的招待物。大姨经常取下红薯干给我吃。她一年四季都围着的那条阴丹布围裙里，总装着好吃的东西，有米花糖，还有炒得金黄的胡豆、豌豆、花生等。每每看见小孩子，她就会给他们抓一把放在兜里，大院里的孩子们都喜欢大姨，亲切地称呼她为高婆婆。几乎没有人知道大姨姓什么叫什么，我觉得大姨可能连自己也忘了自己的姓名吧，丈夫和儿女，甚至竹林里的鸡，田野里的鸭子和鹅，房圈里的牲畜，就是她生活的全部。

吃完早饭，我陪大姨去喂猪。猪圈在大院的最南端，我提着潲桶，大姨迈着一双小脚，颠颠地走过中间的石板路，头偏向一边，也不说话。我们到了猪圈，大猪小猪都哼哼起来，欢快地摇着尾巴。大姨高兴极了，此时脸上才露出灿烂的笑容。她亲昵地摸摸猪儿的头，一勺勺地把猪食倒进食槽子里，直到看见它们圆鼓鼓的肚子以后，才满意地拉着我离开。

竹林里有很多鸡，它们自己玩儿，自己找吃的，大姨是不会管它们的，因为它们长大啦。大姨的心思更多放在老母鸡怀抱下的小崽儿身上。她得把米剁碎了，拌上麦麸子、青菜叶子等，嘴里咕喔咕喔地呼唤着,满脸慈爱地等着小鸡来啄食。她蹲在地上的样子,让我看见了老母鸡那样的母性光辉。

这群小鸡,大姨是有她的计划的。每一个儿子成家和每一个女儿出嫁,都离不开这养大的大红公鸡。它们得成为迎亲的礼物,在鞭炮噼里啪啦的欢笑声中,在媒婆的说唱声中,在姐妹和女儿的哭嫁声中,完成自己一生的使命。它们鲜红的血,常常被供奉在祖宗的牌位上,也浸染着大姨的心,这是她去世多年以后我看见的!

每一个儿子成家,每一个女儿出嫁,大姨的脸上就会多一分愁苦,也多一分笑容。她的腰越发地佝偻了,脑后面的发髻开始变白。母亲说,她小时候就有头疼的病,婚后时不时地会犯一阵子,二哥婚后,她的头就开始疼得厉害。

我还记得二哥娶亲时候新娘子的样子,二嫂长得很貌美,她娇羞地低着头,任凭闹洞房的人怎么嬉闹也不抬头。二哥长得一表人才,总是幸福地憨笑着。新娘子的嫁妆很丰厚,二哥二嫂又郎才女貌,他们住在右边厢房里,成双入对,很是让人羡慕。那时候,大姨脸上的笑容明显多了起来,她开始忙碌下一窝鸡仔,准备三哥的婚事了。

如果生活按照既定的轨道发展下去,仿佛就不叫生活了。二嫂生下小孩子以后,不知道怎么犯了病,据说这是在娘家的时候就有的,只是媒婆瞒住了这一点。二嫂犯病的时候六亲不认,抓住什么就会朝人身上扔,哪怕是锄头和刀子。这让一家人很是不安,二哥没有办法,只得整天和二嫂待在家里,还要照顾小孩子,哪儿也不敢去。家里的活儿没有办法,大姨只好让五哥帮忙去做。那时候,大姨脸上的愁容又多了起来。

五哥长相憨厚，生性木讷，不爱言语，不如三哥、四哥头脑灵活。其时，三哥、四哥也已经分别成家，不过他们都到外面学手艺挣钱去了。大表姐、小表姐也都已经出嫁了。

悲剧是在一个傍晚发生的。五哥从山上劳作回来，二嫂趁二哥照顾小孩子的空当，悄悄溜了出来，开始骂人。大姨掩面哭泣，五哥羞愤难当，抡起肩上的锄头，朝二嫂头上砸了下去。就是这一锄头，从此改变了二哥的命运，川（二哥孩子）的命运，自己的命运！

我坚信大姨的头疼病就是那时加重的。二嫂倒在血泊中，瞬间殒命。二哥要扭打五哥。警察也来了。

我不知道当时发生的情景，这都是后来哥哥告诉我的，哥哥和五哥关系极好，他们年龄相仿，经常一起上山砍柴，一起到煤矿掏煤。警察走了以后，五哥也疯了。再几天以后，五哥刚定亲的女朋友退回了彩礼。

儿子们成家的都已经分出去了。大表姐、小表姐也出嫁了。我和最小的表哥同岁，他比我大四天。那时候生产队集体劳动已经解散，实行的是包产责任制。自从二哥结婚以后，又失去了五哥这样的劳力，家里的重担一下子压在了老两口身上。我和小表哥都在上学，但小表哥不得不辍学，回到家里帮干活儿。哥哥们都在的时候，他常常到我家玩耍，我们一起摘桑果，一起守地里的西瓜。他对我非常好，如果家里没出这样的变故，他也应该是家里的大学生，他有这样的宏愿。那时候哥哥已经是川大的自考大学生，他利用科学知识勤劳致富，把我们家搞得风生水起，这让大姨渐渐改变了对读书人的看法，她也有让小表弟上大学的理想。

「五」

我的童年也有很多时候是在二舅、小舅家度过的。土改的时候，家里的田产也早被分割了。几间大瓦房被重新翻修，左边的给了二舅，右边的给了小舅。二舅虽然拥有一身木匠的好手艺，但是生性木讷，不爱说话，也不会讨姑娘的欢心。磕磕碰碰地到了大龄，总算结了亲，娶了后院儿一个寡妇，也就是我二舅娘。二舅娘长得不太好看，很黑，脾气古怪，爱占小便宜。好在二舅能容忍她，尤其是在她生下两个儿子以后，一家人倒也过得和和睦睦的。

外公去世以后，小舅慢慢地也不再爱说话了，遇上赶集天，一把"铁将军"把门儿，跑到街上喝酒去了。所谓的街道叫老鹰岩，一条道走到头，一袋烟的功夫。街尾有一棵大黄葛树。站在这棵树下，可以看见蛮子洞，也可以看见外公以前家里的山地。小舅常常喝得酩酊大醉，东倒西歪地回到院子里，回到右边的厢房，然后呼呼大睡。这让几个姐姐操碎了心，找了好多媒婆，但是因为小舅年龄越来越大，快到不惑之年，家境也不是很好，最后都不了了之。直到小舅有一天丢了一颗石子在她们几个人的心里，激起轩然大波。一个赶集天，小舅破例没去喝酒，因为黄葛树下围了一圈人，婆娘们啧啧惊叹着，男人们不怀好意地笑着，他们都打量着圈子中心的一位姑娘。这是一个精神失常的姑娘，在那儿唱着笑着。她的肤色很白,模样也挺好。小舅不知道哪里来的勇气,拨开人群,抱起姑娘,擦掉她脸上的灰尘,在众人惊诧的目光中,牵着姑娘的手就往外走。这就是我后来的小舅娘,比小舅小了将近二十岁。

小舅娶了小舅娘以后,变了很多,他不再去街上喝酒,安心守着小舅娘过日子。原来,小舅娘家里的哥哥姐姐等亲人也找到小舅家,回家禀报情况以后,小舅娘父母默许了这门亲事。原来小舅娘是一个才女,高中毕业考大学,不幸几分之差落榜,神经受到强烈刺激,所以流落街头。小舅很疼爱小舅娘,曾经带着她到我们家来过几次。他经常亲昵地呼唤她的小名,虽然她口齿不清地唱着,笑着。小舅娘后来生下一儿一女,万幸的是,两个孩子非常健康活泼。

就在 2015 年 1 月 25 日,我开车沿着宽阔的公路前行,我在去看望大姨最后一眼的路上,下了车后,面对一个翠竹环绕的小院,我驻足凝望,满眼的新绿已经浓浓地铺满原野。在两幢精致的洋楼旁边,有一大片青翠的橙子树林子。童年走过的荷塘边,春水在荡漾,群鸭在戏水。母亲说,那是大舅和二舅的家。表兄们虽然没有考上大学,但是后来都在广东深圳打工,几年前他们都回到老家,先后在老家开了石头场,过上了富足翔实的生活。

我深埋于橙树之下的外公啊,多么希望你能睁开双眼,去看看面前的这片橙子林!

「六」

起初小舅的婚事对大姨的打击很大，她觉得没有尽到自己作为长姐的责任，对不住黄泉之下的父亲，一度拒绝小舅带着小舅娘到她家里去。就像大姨对八个儿女婚事的态度，这是她生活的希冀与重心，好比养育娘家院落的橙子树那样精心细致。后来看到小舅一双活蹦乱跳的孩子，她的心里好受多了，觉得自己的心里终于圆满了一些。

这一年，恰好小表哥也"出嫁"了，他入赘到我们旁边的一户人家，当了上门女婿。那一年，我刚好大学毕业。

这一年的春节很热闹，刚好是大姨七十岁的寿辰。姐姐大学毕业后被分配到子店乡中学教书，因为姐夫在西藏部队工作，常年不在家，妈妈去学校帮她照看孩子，大姨便经常到姐姐家和母亲一起玩儿。有一个暑假，我到姐姐家，看见大姨的气色明显好多了。从我家到大姨家的土耕路，也修建成了一条柏油路，姐夫买了一辆摩托车，很快便可以从山外跑到山里。

大姨寿辰这天，母亲一大早就带着我和姐姐到了她家，山外的小表哥和嫁出去的两个女儿也都回来了，大哥、二哥、三哥、四哥也都各自忙活着。只有五哥，蓬松着一头乱发，在院子里闲逛，见人就呵呵傻笑着，感觉他是快乐的。二舅一家人，小舅一家人，小姨带着自己一大家人也都来了。我看见大姨的发髻全部变白了，二舅、小姨、小舅们也都渐渐老去。但是相聚的喜悦冲淡了他们所有的忧愁。

大姨穿上红色的袄子，手臂上系着红色的绸缎，坐在堂屋中央，和弟弟妹妹们拉着家常。红的色彩辉映着大姨的脸，她的笑容像春天的玫瑰，绽放在深深的皱纹里。我第一次发现大姨的眼睛特别大，虽然岁月剥蚀了她的青春和年华，但是她的美仍难以掩饰，像一杯陈酿的酒，倾洒在这个屋子里。她的身边坐着高爷爷，这是她一辈子跟定的男人，为他生养了那么多儿女的男人。我没有看见大姨做新娘子那时娇羞的表情，但是我在想，那一定是很美艳的。大姨的双眼，在这个时候，透露出的慈爱光辉，承载着父辈的期望，兄弟姐妹间的情意，还有对下辈们的祝福。只有这个时候，大姨才闲了下来，她大声地说话，爽朗地大笑，仿佛所有的欢乐和幸福都属于她一个人。

院子里，正在宰杀大肥猪；厨房里，正在烫杀鸡鸭鹅；一溜儿的桌子上面，摆满了炒好的花生、胡豆等。这些她亲手喂养或者侍弄的东西，今天终于只为大姨一个人欢乐。

鞭炮燃放了一挂又一挂，高家大院热闹非凡。开席了，一时间觥筹交错。端菜的大叔大婶们不停地穿梭来往，他们都是主动来帮忙的村上邻居。桌子上的菜品很丰富，有猪肉肘子、豌豆酥肉、糯米红枣饭等乡村九大碗，飘溢出浓厚的醇香。晚辈们开始依次为长辈们敬酒祝福。孩子们欢笑着，相互间亲昵地打闹着。乡村的花样年华，像一部题材丰厚的乡村电影，在人气旺盛的乡村大院里精彩上演！那个时候的电影已经走出工厂和电影院，真正地走进了农村。村里人遇上喜事，都要请进院子里放上几部，增加喜庆的热闹气氛。当天晚上，在高家大院的竹林里，为大姨贺寿的电影一部一部地接着放，这个一辈子在幕后的女主人，终于走到了台前。

「七」

这以后，姐姐调出子店中学，到了临近的双桥区农委上班。因为照顾侄儿上学，妈妈也跟着到了姐姐家，这样与大姨家的接触渐渐少了。我到很远的外地工作，很少回老家，听说大姨家的大哥到云南跑起了药材生意，三哥四哥也南下打工去了。高爷爷不久去世，大姨和五哥相依为命，她的双眼已经看不见任何东西了。

我听后很想哭。大姨八十岁寿辰，我那个时候在当记者，正在采访中，接到姐姐接通的大姨电话，听见大姨的声音，我的泪水终于夺眶而出。我不知道大姨是怎么摸索着为五哥煮饭的，她还走过长长的甬道去喂猪吗？她是怎么迈着小脚走到河边，为自己和儿子洗衣服的？她还到竹林里咕喔咕喔地唤小鸡吗？如果她的头疼病犯了，那该怎么办？电话这端，我早已潸然泪下，而电话那边，大姨轻柔的声音却一直在持续，听不出她因岁月的沧桑和薄情而带来的忧伤和抱怨。她亲昵地问我什么时候回去，关心着我的工作、家庭和孩子，她讲述着我小时候的一些故事，就那样絮絮叨叨的，我明显感受到她的欢乐和幸福。而挂下电话的我，心情却有如灌了铅般沉重，故乡离我有多远？三百多公里的距离，四个多小时的车程，但是我成天忙工作，忙生活，忙家庭，或者忙一些虚无的东西，自从那以后，我和大姨竟然有十年没见面了！我的双眼虽然是明亮的，但是我比起大姨,是不是迷失了一些东西?

故乡,我心底遥远而温馨的记忆,它像脐带,永远连着我的血脉和骨肉。它也像一个巨大的瓷碗,灵透着动人的色泽,盛放着家乡的人和事,物和情,殷切地呼唤着我的归来。

「八」

大姨,我回来了,我回来看您了!驱车出发,从南充上高速,三个多小时到了大足。至邮亭,一条宽阔的柏油路直通子店乡政府,没想到,再顺着一条新修的公路,我竟然把车直接开到了大哥家院子跟前。

正是寒冬时节,公路边大姨家的冬水田里,没有了粼粼的波光,没有了偶尔跃起的小鱼儿,没有了记忆中鸭子们追逐嬉闹的热烈画面,只有荒芜丛生的杂草,还有坚硬的板土,摆出一副沧桑的面孔,袒露一颗冰冷的心,无言地诉说着乡村的故事。

我走近高家大院。视野中,大院周围一年四季葱绿的竹林变得稀少而枯黄;几棵孤零零的桉树伫望在坝边,叶子们全部掉落了,枝丫们像些无望的孩子,可怜巴巴地望着院落;大院里,除了大姨居住的那间房子,其余的几乎都坍塌了,被杂草掩埋。

我走过废弃的猪圈房,走过坍塌的左右厢房,走过中间长长的甬道,仿佛重叠了童年的影子,是要走进一间充满温暖的屋子,要去亲近一个身材娇小却和蔼可亲的女人,寻求母爱的温暖,寻求饭粒的清香。我仿佛隔空离世，去打捞历史的记忆，去寻找一种深情。

子店乡中华村高家大院中的主人公，一个叫杨长玉的普通农妇，我亲爱的大姨，走过世纪的乡村风雨，走过平凡而简单的人生，穷尽做女儿、妻子和母亲的光华后，此时正躺在屋子正中歇息。但她是永远地安睡过去了，静静地，与大地一同呼吸着！

大姨是儿孙满堂的。表哥表姐和他们的下一辈孝子们头戴白色的孝布，跪在她的灵前，听道士念经，然后烧香磕头。我想大姨此时应该是欣慰的，天南海北打工经商的儿女们和孙子孙女们乃至重孙女们都回来了，这难得的一次齐聚，是大姨生前多么强烈的愿望啊！

院坝外热闹非凡。因为大姨的高寿阖世，这在乡村是被称为喜事儿的，亲戚朋友们和左邻右舍的人都来祝福送行了。表哥表姐们都很孝顺，请了专业的家政服务公司做宴席，每一个菜品都是事先做好了，开饭时直接从街上运过来，所以乡村九大碗就成了故乡这个大碗碗底盛放的记忆了。母亲娘家的人自然坐到一块儿，上辈除二舅和二舅娘过世以外，其余都还健在；我们这一辈的，表哥表姐之间相见都很亲切；但是下一辈之间，或者他们的后代，我很多都不认识了，相互之间也都很陌生。五哥苍老得不成样儿了，像一只孤雁，在院坝外走来走去，不说一句话。有时候他又突然大哭起来，像一个无助的孩子。我心里不禁有点凄凉，看着院坝外的一丛芭蕉绿，我把他们全部招呼到下面合影留念。没想到这个小小的举动，小姨和妈妈以及小舅高兴极了，孩子们也都欢呼着，比画着最得意的手势，来为这次的相聚点赞。

饭后,大哥的大孩子广广,带领我们走过那一排枯黄的竹林,那几棵凋零的桉树,走进高家大院山坡顶上一排崭新的房子里参观。人还没进去,一阵机器的轰鸣声就传进耳膜。原来这是几间生产塑料颗粒的厂房。几台黑色的机器像人一样板着面孔,机械地转动着手臂,嘴里不停地吐出一些晶莹剔透的白色颗粒来。另一排厂房里,几台黑色的机器把白色的颗粒吞进肚子里,一会儿的功夫,就孕育出一丝丝白色的线条来。这是机械生产的塑料绳索,提供给供货商的,广广边走边介绍。他出去沿海打工多年,没想到回家便做了这么一件让全村人刮目相看的事情。不过村子里也没多少人了,只有几个老人和孩子开始看了下稀奇和热闹。广广说完,有些惆怅。厂房对面山坡下面就是山湾,山上就是传说中的跳石山,其早已经被列为乡里的旅游开发项目,吸引了很多市民来游玩观光。

站在山坡上四望,在坍塌的高家大院外,在一丛枯黄的竹林中,在几只小鸟飞过之处,有一个新挖的坟冢,静静地等待着一个世纪老人的赴约,等待着一个故事的结束,或者开始。

· 母亲的手

「一」

粗糙，宽厚。两个大拇指尤其硕大，骨节凸出，纹路深陷，指甲坚实。

无数次，我泪眼朦胧地盯着母亲满头的白发、刻满皱纹的脸庞、瘦小单薄的身子，定格在她这一双大手上。这哪里是一双女人的手啊！皲裂的掌纹，刻着岁月的艰辛，留下劳作的印迹，藏满母爱的深情。

我拿过母亲的手，想要打开童年的记忆。夕阳下，母亲弯腰侍弄菜园和家园的剪影一直辉映着我整个的孩提时代。

一湾水田上，一条石径下，一丛竹林边，是一块方正的土地。周围竹篱笆坚挺壁立。一年四季，肥沃的土里总能长出绿的菜、红的果……这就是我家的菜园子，是守寡的母亲用心血和汗水浇灌出的第四个孩子。

我三岁那年，身为公社主任的父亲撒手人寰。大家闺秀出身的母亲毅然剪了短发，斥跑了媒婆，俯下身子，扛起一个家的重担和责任。其时我们隶属大足县邮亭区邮亭乡前进大队三队。每天清晨，当生产队的大铁钟"咣咣咣"敲响后，田野醒来。于是妇人们晨炊，老人们牧野，孩子们上学，男人们挑担——这当中也有母亲的身影！多年以后，每次凝视母亲佝偻的腰肢，我的眼睛就会模糊。

那时候，除去集体土地外，每户人家还分了几分自留地。我家的自留地在后院的竹林边。母亲白天收工后，傍黑砍下碗口粗的慈竹，划拉成篾条。她的手因此常常受伤，血痕斑斑。母亲从不喊痛，用嘴吮干血痕，把篾条编成竹篱笆，再把菜园子围得严严实实。母亲种的蔬菜有大头菜、萝卜、虎耳菜等。大头菜和萝卜是必须要种植的，秋天成熟后晒干，用泡菜坛腌渍，就成了全家一年的下饭菜。母亲腌渍咸菜时，手上新鲜的血痕被咸水浸泡成白色的暗纹。可那时的我不懂事，哭闹着不肯吃咸菜稀饭，母亲特地在柴灶中焖熟一小碗白米干饭，给年幼的我。新鲜的菜蔬要拿去卖钱。母亲常常在凌晨四五点钟，就挑着满筐菜蔬，打着手电出发了，她要趁天亮工人们上班之前，赶在七八公里远的长河煤矿去卖，以此换回我和哥哥姐姐们吃的、穿的和用的，甚至于越来越多的学费。目不识丁的母亲很要强，父亲是党员干部，我们本来可以申请减免学费，但是她从不愿意给大队增添麻烦。"你们一定要多读书，长大了有出息。"这是母亲对我们说的最多的一句话。我1976年上小学时，第一学期的学费是3元5角，母亲卖了一夏的虎耳菜和汉菜才凑齐。

「二」

虎耳菜和汉菜成熟时，端午就来了。每到端午节前夕，母亲就会围着那条青色的围裙，在厨房里不停地忙碌。她先抡起砍刀劈柴，把火烧得旺旺的；再把水烧开；又把糯米用开水烫了；然后端个簸箕，在院坝边开始包粽子。芭蕉叶用来包长长的米粽，称为"猪蹄子"。猪儿粑叶适合包小米粽。"猪蹄子"通常是留着走亲戚的，我们自己吃小米粽，母亲从小教导我们要把好东西留给别人分享，这也是她留给我们人生的一笔巨大财富。屋后那丛蓬绿的猪儿粑叶，长如剑鞘的叶子，墨绿的颜色，是岁月留给我永不褪色的胶片；还有屋前的芭蕉叶，荫满中庭，看那叶叶心心舒卷一如，汪满绿色的深情，不正是母亲这一生对我们的守望和眷恋么？

母亲包粽子的手很灵巧，就像她年轻时绣花那样，长长的丝线在手中飘绕，这样的婉约与她的粗大双手很不匹配。那时候，我常常觉得她的手是有魔力的，能变出我们需要的一切：她用最密实细小的针脚，缀补衣衫，缝制布鞋、书包、麻袋等；还能用最精细的篾条，编织箩筐、竹筛、背篼等；她用粗壮的双手，攀登别人不敢去的大山和悬崖，割下柴草，储存到冬天，温暖我们的土墙屋；最美妙的是，她还在自留地里种出花生、甜瓜、瓜子等，能把最简单的食材拨弄得有滋有味，以此滋养我们的身体和灵魂……母亲其实也是在用爱编织岁月，把我们包裹，直到我们长大成人。

「三」

正当哥哥壮年时,母亲却再次遭受心灵的重创:哥哥因车祸撒手人寰!母亲一度陷入绝望之中,她时常叫错人的名字,经常和邻居争执,或者吵架。但是坚强的母亲很快挺了过去,因为还有我和姐姐正在读书。母亲说:女娃也要读书,不要像她那样一个字都不认得。她更加勤苦,拼命劳作,以换取我俩的学费钱。我至今依然记得那时的情景,我和姐姐拿到大学录取通知书到村里下户口的时候,母亲拉着我们的手,脸上泛着红光,眉梢眼角里都满溢出自豪和骄傲。

那是我大学毕业回家乡参加工作的第一个冬天,暮色自天边涂抹开来,弥漫了整个山川原野。母亲,那时你却身披暮霭,痴痴地站在家门前的大树下,立成一尊雕像,对着家门口的那条小路,把我张望。

今天是周末,女儿怎么没有回家呢?每次周末,你都这样站立在路口等候女儿归家,母亲,这是你第几次,在路口把女儿张望?第二天回到家里,姐姐说,晚上屋外寒风叩打窗棂,发出"哒哒"的声响,母亲以为你回来了,就下床替你开门。姐姐说这句话的时候,我正低头看书。母亲拿着针线,在为我钉风衣的纽扣。当她轻轻地把风衣披在我的身上,目光滑过我的前额时,突然叫了起来:"你怎么长白头发了呢?不要熬夜,写文章费心血,吃好点……"说完,就从我的头上挑出两根白发,放在手心。

母亲开始唠叨起来。

我不断点头，猛一回首，映入眼帘的，是母亲飞霜的两鬓。而那两根白头发，却在母亲的手心，系成了一个美丽的爱结，绕在我的心底。

「四」

我也当了母亲了。那次地震后回老家，母亲看到我，满是皱褶的面庞因笑容而愈发紧密，眼神出奇地闪亮。她先弯腰从坛子里拿出几颗糖、几块糕，又抓出一把胡豆和花生，执着坚定地堆放到我手心：在她眼里，我永远都是那个在院坝外橙子树下等着她赶场回家要糖吃的黄毛小丫头！哪怕我也做了母亲！守着我吃了糖和糕点，母亲然后很满足地先带我到池塘里看她养的鸭，又去后院看她喂养的猪，谁能相信这是一个年逾七旬的命运多舛的庄户老人：自幼失去生母、年少失去父亲、中年又失去丈夫的母亲，是那么的乐观坚强，那么的朴实善良！母亲一直守着这片热土，她是在陪伴着家里的两个亲人啊：为村民劳累而逝的父亲和英年早逝的哥哥！

晚上，她给我煮最爱吃的腊肉排骨。每次回家，她都满心欢喜，恨不得把家里所有的东西都煮来给我们吃。"外婆把红苕和土豆埋进灶膛深处的炉灰里，又麻利地塞进一把柴禾，然后在熊熊的火光中，在噼里啪啦柴禾欢乐的歌唱声里，土豆和红苕散发出甜美的香味。外婆用粗大的双手掏出这美味的食物，然后把爱和温暖也一起盛进了我心里。"这是女儿的作文，让小朋友们默然落泪。我烧火她煮饭的时候，看着她皲裂的双手，我真的很想哭。我能从当初这个狭小的家门走进大学的校门，能在城市高楼大厦写字间里主编报纸，能在人生绚丽的舞台上尽情歌唱，都是她这双粗糙而厚实的双手托举的啊！

晚餐时，她坐在桌边久久不动筷子，只用怜爱的眼神，看我这个属狗的人啃骨头啃得那么津津有味。

晚饭后，我先上床睡觉了。母亲居然摸黑从田里剥回成熟的青豆，放在瓷碗里细细地捣碎，慢慢地研磨，居然在半夜给我做出一碗清香甜美的豆腐脑来。

母爱，总是在不经意间，就像春雨般慢慢渗透进我心里，融化进血液，成为永恒的记忆！

「五」

那天晚上，我久久地握住母亲的手，用生命写下一首无言的诗：

如果有来生，我愿意是一棵树，一叶草，只把永远的绿色，留翠人间。

如果有天堂，我愿意是一只鸟，一尾鱼，只把自由的遨游，汪满苍穹。

人之中，越来越承受不住太多的生命之重。悲也在，喜也难。

无语噎。奈何,奈何,渺小如粒!

  妈妈,我多么想幻化成九天的一神,赐给你永远的微笑,永远的无忧和生命!

· 泥土之根

半夜,"轰隆隆",春雷炸响。响声自天宇渺远而来,像列队进发的将士们,以千军万马奔腾之势,扑向大地,摧枯拉朽。我被这响声惊醒,看着城市高楼外不眠的灯火,若隐若现的雨雾,且仿佛有泥土腥臊的气味传来,思想也跟着被惊雷炸开,化成游龙游弋开去。

冻土应该也被惊醒了,因为种子们都在欢笑着、闹嚷着、拥挤着,摩拳擦掌,纷纷想要跳出暗黑的世界,去拥抱那一缕黎明的曙光。蚯蚓们、小虫儿们、蛇们、蛙们憋屈得太久了,都想兴高采烈地钻出泥土,舒展一下身姿和筋骨。我仿佛听见了种子和虫子们的欢唱声,竟然心甘情愿地想化作其中一员,钻进泥土,与它们为伴!在远离家乡的高楼中,我有多久没有嗅到泥土的芬芳?

如果在家乡,此时,男人们定然要翻身下床,披蓑戴笠,顶风冒雨,赶到田间地头,撩开蔬菜覆盖的薄膜,或者堵一下稻田的决口,以储蓄这比金子还贵重的春雨。女人们通常就在半夜,就着如豆的灯光,利用柴灶的余烬,煨一罐过年熏制的腊肉红豆汤,以犒劳为土地而奔走的男人们。我的父母，就是这其中的男人和女人。土地，就是他们的命根子。

四川盆地东部的丘陵地，就像巴岳山上隆起的一条条经脉，常年青绿，生生不息。春天伊始，阳光暖暖的，我家自留地开始醒来，沟纹是不是它们绽放的笑脸呢？母亲翻挖了新土，一股浓郁的芳香扑面而来，我常常呆呆地盯着土地发愣，呵呵，垄沟像它们张开的嘴唇，它们是不是很渴望春雨的快些到来，好与种子谈一场轰轰烈烈的恋爱呢？

母亲眼神明亮，神情肃穆。目不识丁的她，却把家里的几分自留地和承包地盘算得清清楚楚，在有限的土地做数学，是母亲一生的骄傲。川东丘陵地形复杂，坡谷多沃土，山岗和坡顶却是贫瘠的砂砾土，每家每户分的土地是肥瘦搭配。在那个年代，什么样的土地种什么样的五谷杂粮，才能养活一大家人，这是很需要智慧的。母亲依据多年的种植经验，决定把山腰的几块地种红薯，山顶的几块地种土豆，坡谷的几块地种蔬菜。红薯主要给猪催肥，土豆配合稻粮当一家人的主食吃，蔬菜卖了换钱买盐巴，或者供娃儿上学。

于是，坡谷、坡顶、山腰的土地被分成了大地的阶层，它们的爱情故事也在春天各自拉开了序幕。土豆是第一要种植的，关系着我们的口粮问题，或者生存。赶集日，母亲买回个头大且圆的土豆，吩咐我们切开，把凹陷的地方挑出来，说那就是土豆的种子，剩余的土豆心拿来拌炒米粉蒸肉。我边切土豆凹眼边想怎么多留点土豆心蒸肉，因此常常只切了皮下来，只能做废物，被母亲好一顿训斥。我是那么喜欢吃土豆蒸肉啊！我多么希望自己能变成一个又大又圆的土豆，钻进泥土，不需要太多的养分，春种秋收，来抚平母亲脸上的皱纹。还有，我不知道那些大土豆究竟来自何方，那些凹陷的地方怎么就会长出芽苗，然后生根，然后变成四川丘陵地带的一个个土豆呢？多年以后，我到过中国北方，才知道北方广阔的土地是会长出这么大的土豆的。

培植红薯苗的季节也到了，它的果实我们常称之为"红苕"。这不，哥哥们正推开后院竹林沟上的大石块，找寻里面的"玄机"呢。这是我家的地窖。竹根下，泥洞中，深藏着我家的红苕种子。在那里，它们安然度过一冬，居然不腐烂不变质，到了春天，一旦把它们埋进土地，阳光暖暖地照着，再经过春雨的滋养，它们居然就蓬蓬勃勃地焕发生机，冒尖、吐芽、抽条。春末夏初，正是稻禾扬花抽穗的好时节，在密实的包谷林地里，把抽条的红薯苗一节节剪裁、栽插，很快它们就会生根，伸向大地深处……

根在生长，悄然无声，像年幼的我们。母亲就是那芬芳而朴实的大地么？一湾水田边，一条石径下，一丛青林中，是一块方正的土地。周围竹篱笆坚挺壁立。一年四季，肥沃的土里总能长出绿的菜、红的果……无论春草和夏花，不管秋叶和冬雪，都不敌它们的颜色和风姿。这就是我家的菜园子，也是母亲用心血和汗水当孩子来培养的土地，是储蓄我们希望和未来的地方。

我们的成长，就和土豆、红薯的栽植一样简单自然，包括整个村子的影像都清晰生动。在每个清新的早晨，当生产队的大铁钟"咣咣咣"敲响后，山谷间悠然回鸣，乡村的田野惺惺然张开了眼。于是妇人们抱来柴火晨炊，老人们牵着牛儿放牧，在露水沾满野草的田埂，孩子们跳跃着跑向学堂，男人们挑起担子奔向土地……这当中也有母亲挑担的身影，当我望向母亲佝偻的腰肢，我的眼睛就会模糊。

　　一春的孕育，一夏的张扬，收获的秋天来临。稻禾成熟了，谷穗内敛含蓄，鞠躬垂向地心。总是在秋阳高照的时候，看见紫白色的土豆花在坡顶盛开，而长长的红薯藤蔓，也在山腰高处相互牵绊、攀援。谁都知道，土地之中，潜藏着它们才知道的秘密。

　　我一直珍藏着大地的这个秘密，从故乡到他乡，从乡村到城市，从平原到高地。无论何时何地，我都带着故乡的泥土芳香和气质。这其实不是秘密，就像我的成长，母亲的老去。但是不管怎样，我们每个人最后都会成为大地的根，成为大地的风景。

　　如此，便安心了。

·我的大哥

「一」

白色的天花板，白色的墙壁，白色的灯光映照着白色的床单。大哥脸色苍白，面无表情，双眼紧闭，躺在病床上一动不动。才五十五岁多点的他，头发已经花白，额头光秃，颧骨高耸，两颊深陷，胡子拉碴。他的身子瘦骨嶙峋，足部和小腿却肿胀得厉害。

大哥是昏睡过去了！

我守在床边，无助地注视着心电图的几根波浪纹。我只知道有根波浪纹的跳跃指标超过正常人的几倍，那是从大哥心脏内发出来的。而我的心也一直在那根波浪纹的线上漂浮，一刻也没有安稳下来。

一会儿，穿着白大褂的年轻医生进来了。他刚从重庆医科大学毕业，因为成绩好被分到双桥区最好的人民医院。这几天，我每次看他从办公室出来，从医院走廊的那一边走过来，我都紧紧盯住他手里的化验单或者药品，大气都不敢出。我留心着他脸色的变化或者眼神的变化，希望看见些亮色，可是他语调一次比一次低沉："病人肺气肿引发心力衰竭……"

此刻，我能清晰地看见我内心的影像，灰蒙蒙一片，像沉沉压下来的乌云，让我窒息。我差点没喘过气来，赶紧伸手打开了病室窗户，外面漆黑，夜色狰狞，朔风像刀片一样刮过来，从我的心上划过去，好疼！泪水瞬间打湿了我的脸，我看见那白色的刀片闪着寒光，划开大哥单薄的身子，大哥就倒在了山坡上。

山坡在老家，老家叫高家店。高家店位于大足到邮亭的公路边，是邮亭镇天堂、红林、碧绿、烈火等乡村交界之地，我童年时候有小学校、零售商店、卫生所、磷肥厂、川汽厂一个车间和家属区几栋三层楼房等，它们的模样至今仍牢牢盘踞在我脑海深处。高家店今天只留存地名，小学校搬迁到了镇上，卫生所并到了镇卫生院，磷肥厂因为污染环境被关掉了，川汽厂的车间和家属区合到位于临近双桥区的分厂，最近几年被整体迁移到了重庆总厂。一条高速公路直端端地通过高家店，碾压了我所有的童年记忆，链接到大足动车站。而大足动车站原本叫邮亭火车站，月台上有几株夹竹桃，总在春天开出艳丽的花朵。它是老成渝铁路线上的一个重要站点，北上成都南下重庆，大足石刻申报世界文化遗产成功后，它就提档升级了，名字因此也改换。

从高家店到老家，大约要走两公里的土路。过大邮公路左边的川汽厂家属区、小学校和一个大院子，然后过晒场、竹林、山坡、水田、小桥，就到了。老家有两姓四户人家，邓家和邹家，邓家兄妹俩，邹家弟兄俩。面水靠山，山环水绕。

山坡连片，一分为二，阳面是我们所居住的前进村，阴面是本家叔公所在的碧绿村。坡中有大片竹林，其下皆为各家自留地，以及各宗室祖上坟茔。我家自留地下有一水井，供方圆几公里人饮用数年。水井毗邻偌大一块田，田下是小河，一年四季潺潺不休，汇聚到其下的张家高洞子水库了。

这样的景致就像一幅山水画，从小到大都镶嵌在我的脑海，也被岁月装裱成泛黄的相片，一直挂在记忆的那头。直到镜框被打破的那一天。

是姐姐的声音让我听到那玻璃镜框破碎的声音。姐姐和我都沿着那条两公里的土路走出了前进村，走过了高家店，走进了邮亭火车站，走到了都市上大学。姐姐西南农大毕业后几经辗转最后如愿以偿，在双桥区农业岗位上工作。她告诉我老家要修一条八车道的快捷通道，从大足石刻宝顶山而来，直通大足动车站，老家的山坡将会变成平地。

那山坡地像沧桑的老人，驻守了一辈又一辈，一年又一年，无言地看护着竹林、自留地、水井、坟茔、水田、小河……还有一个个大院子。此时山坡地的命运也被一分为二，阳面的前进村被整体迁移，阴面的碧绿村基本不动。

那时候，邓家两户人家已不在乡村，哥哥一家打工到了城市，妹妹一家随川汽厂工作的男主人到了重庆。叔叔家买房到了双桥区，只有母亲和哥哥还在镇守着凋敝的院落。

母亲舍不得老宅，舍不得竹林、坡地、水井、田土和小河，总想着在乡下多住一天，大哥很是无奈。但是祖上坟茔得迁移，镇上的工作人员来了几次了，其他村户人家的坟茔已经迁移到双桥区后的巴岳山了。那天迁移爷爷和婆婆的坟茔，宗室很多人都来了。天上下着大雨，大哥一个人跳下了坑，虽然他腿脚有点不方便，右腿有一点瘸，但他还是义无反顾地去捡拾婆婆爷爷的骨头。婆婆爷爷合葬在我们自留地菜地边，父亲是长子，大哥是长孙，大哥在宗亲、村上所有人眼里都是傻乎乎的形象，所以他跳下去时大家都没有阻拦。

大哥一根根仔细地捡拾着骨头，身上被打湿了，冻得瑟瑟发抖。当天婆婆爷爷被重新安葬在巴岳山。政府正在双桥区新建电梯公寓，以安置失去土地的村民。劳作了一辈子的村民们，就要远离面朝黄土背朝天的生活，大多很高兴，纷纷在郊区租房过渡。大哥也租了几间屋，准备和母亲一起过城里生活了。但是当天大哥回到出租屋后就感冒了，咳嗽不已，他本来肺就不好，也许是每天抽很多劣质烟留下的病根。

「二」

大哥毫不犹豫跳下爷爷婆婆坟茔捡拾骨头时，人们都觉得他很傻，也都习以为常。打我记事时起，他就不讨周围人喜欢。老人们直接喊他名字，小孩儿也直接称呼他，当面奚落和嘲笑他，从不转弯抹角，似乎没有人敬重过他。从他的童年直到生命终结前，"学娃儿"这个称呼一直伴随着他。

他傻得很出奇。初中毕业后，作为邮亭镇前进大队少有的文化人,大哥被选进大队医疗室当了赤脚医生。我那时正在小学读书,教室旁边就是医疗间。大哥从不准我到那里去拿东西,我很羡慕同学,他妈妈也是赤脚医生,常常可以溜到那里去抓红枣和枸杞吃,有一次他给了我几粒吃,甜甜的味道让我欲罢不能。在他的怂恿下,下课后我鼓足勇气走进去,没想到大哥铁青着脸,毫不客气地把我轰了出来。大哥生气的时候感觉长头发也在凌空飞舞,他经常不爱剪头发,也懒得打理,爱美的母亲总是很生气。他生气的时候眼睛鼓得圆圆的,甚至能看见眸子里的红血丝在颤动。大哥爱熬夜,他常常看书看得很晚,几乎没有人知道他看的是什么书,厚厚的书堆满了我们家的书架。

书架是大哥自己砍下院墙边的竹子制作的。大哥身材矮小,行动不便,是我们几兄妹当中最不起眼的一位,但是一双手却骨节粗大厚实,能用竹子编箩筐、背篼、锅盖、花篮等很多东西。每到过年,他和二哥就会背了编好的竹制品去赶集,卖了的钱用来置办年货,给我和姐姐压岁钱。院坝周围的竹林,是父亲亲手栽种的,茂盛挺拔,哥哥们划拉竹丝的时候,我总觉得是父亲在和我们耳语。我以为这竹林一直都会这样生长下去,永不消失。

……

母亲这辈子总是懊恼,陷入自责中,她说有次父亲冬天病重时无法照料大哥,就把童年的大哥扔家里任其玩耍。那天大哥在洗澡盆里装满水,在盆子里嬉戏了一下午,晚上满口胡话、高烧不止。母亲放下病床上的父亲,又把大哥送进医院,全力抢救。大哥病愈后发育迟缓,腿脚不灵便了,此为大哥生平第一劫。后来村民们就传说大哥是被抽了脑髓的人，是"哈儿"（重庆方言：傻子）。

父亲去世后，母亲一个人支撑着家庭，大哥当赤脚医生是挣工分的，这给母亲减少了一份压力，她脸上的笑容渐渐多了起来。赶场天，大哥把箩筐、锅盖等竹制品挑到乡场上变卖后，买回一大堆书，还有画纸、颜料等。母亲不高兴了，"这个能吃哇？"她常常责怪大哥，大哥不做声，母亲气得没有办法，只好转身回娘家借粮食去了，那个时候我们家常常青黄不接。

我很高兴。下雨天，是大哥最喜欢画画的日子。我看他仔细磨墨，砚盘是用碎碗的碗底做的。他最初只画黑白的画，有山，有树，还有老虎。"真正的老虎是什么样子的？"我很向往他画里的世界。"你长大后就看得到了，大城市的动物园有，我也是在书里看到的。"大哥安慰我说。等到我们家左面的墙壁贴满了黑白的山水画后，大哥开始画有颜色的画了。他偷偷敲碎了几只碗，把碗底做了砚盘。母亲回家看到满屋的纸画，几个砚盘的颜料，破碎的碗片，"你就是个败家子。"她气不打一处来。

母亲没想到更让她生气的是后来发生的事儿，大哥竟然辞掉了人人羡慕的"铁饭碗"赤脚医生，回家了。我到现在都不知道他为什么辞掉这个工作。他回家后却依然尽心尽力帮大队的人看病，给邻居邓婆婆打针，上大山采草药。我从小就认识很多草药，知道夏枯草清热、灯笼草祛毒、麦冬健脾开胃……大哥有次神秘地告诉我，自然界的万物都有药性，就要看怎么配搭，砒霜是剧毒，可以毒死人，做药引子也可以治人，我将信将疑。

我对大哥的书架特别感兴趣，没事就胡乱翻阅，尽管还不认识很多字，这当中有医药、绘画等书籍，还有很多我看不懂的"大部头"。有次我问那些厚厚的书籍是什么，大哥说是高能物理，是准备考研究生的资料。一个初中生整天说着爱因斯坦什么的，还要考研究生什么的，连砒霜也能治病？很多人都不相信他的话，都怀疑他是不是脑髓被抽走后连聪明才智也被抽走了，不然怎么尽说胡话干傻事呢？这当中也包括母亲，大哥相比二哥的乖巧和懂事，是母亲最头痛的事儿，"哈儿"的标签就这么被牢牢贴上了大哥的后背。

「三」

年轻的男医生拿了一个氧气瓶给我，嘱咐我等大哥苏醒后让他大口大口吸进去，以稀释肺里产生的大量二氧化碳。"心肺衰竭了，希望他挺过来。"医生说完也不看我，快步走出病室，也许他还没经历太多的生死场面，面对我倾泻的泪水实在于心不忍。我再次打开窗户，魑魅的夜空像一个狰狞的野兽，又疯狂地朝我扑过来。

大哥似乎清醒了，睁开惺忪的眼睛。他剧烈地咳嗽起来，我赶紧凑上去，用纸取出痰物，又把早挤好的橘子水一点点喂进他嘴里。床头的输液瓶挂了好几个，是治疗他五脏六腑的药物。大哥大小便都已失禁，需要人慢慢服侍，开始请了护工，后来姐夫不同意请护工，说照顾不仔细，军人出身的他便一点点地侍弄大哥的脏物。这些情节被医生说出去后，便不断有被感动的人来探看大哥，都夸这个"老头儿"命好，遇到这么好的亲人。躺在病床上无助的大哥，虽然五十出头，但是生命的灯火似乎燃烧到了尽头，看起来的的确确就是一个沧桑无比的老头儿。

他身体每况愈下。这个过程我是亲眼目睹的，时间和病魔都很残忍，慢慢地，慢慢地像蚕一样吞噬他的肌体，足肿了，腿肿了，腹水增多，意识部分丧失……

姐姐在家做饭，我请了公休假守护大哥，和姐夫轮流照顾他。宗室的人也大都迁移到了城里，生活条件变好，或者买房或者租房住。他们每天晚饭后来看望大哥，"大爸，新房子还在等你入住呢。"堂侄儿等小辈分的人都尊称他，大哥意识清醒时就望着大家，点点头，喝点米粥，说一些高兴的事儿。那个时候，我感觉回到了小时候，每到年关，母亲就会杀了全家一年辛苦喂养的猪儿，一半上交国家，一半留给自己吃。年关盛宴是最让我幸福的记忆：宗室的长辈和邻居们都请齐全了，既丰富了我的味蕾，又让我热热闹闹过了一个开心的夜晚。

那时，还是黄毛丫头的我站在阶沿上，目睹着院坝中央整个杀猪的过程，又喜又怕。二叔却淡定自若，指挥两个汉子帮忙打下手。灶房里，姐姐在一边劈柴，妈妈正在烧水，一年中最好的柴火在灶膛里欢笑，露出红红的脸庞。满屋的水汽，氤氲着欢快的气息，袅娜地升腾，扑向屋顶的瓦片。整个院坝都喜悦了。狗们乐颠颠地跑过来，三五个小娃儿也循声跑来。大哥二哥早架好梯子，支在屋檐下。来帮忙的两个彪形大汉在二叔的指挥下，把杀好的雪白滚圆的猪儿"吆喝"着挂上梯。

大门被取了一扇下来，搁置在堂屋正中的四根木凳上，等待着与"肉"(那年那月的奢侈品吃食,"肉"即猪肉)一年一度的相逢。猪头被完整地宰割下来,留作祭祖用。两只猪大腿也被割下来,来年它是用来走亲戚家的。"肉"中包裹的两块亮板油,被二叔撕裂开,放进器皿中。母亲会把它们炼成油,在炒菜时加上一勺,以滋养我们的身体,但我觉得它们其实是一直在养护我们的灵魂。二叔把"肉"一块块割开,在边上戳了个小洞,整齐码放到谷箩筐里。母亲会把它们一块块腌渍,然后挂在灶上和壁上。

掌灯时分,我家一年中最隆重的华宴也拉开了帷幕,大哥端着猪头,还有一小瓶酒、几颗糖等,领着二哥、我和姐姐,按照母亲的吩咐,先在堂屋正中的香案上祭祀,然后到后院竹林地的父亲坟茔上香磕头。家族的人都来了,聚集在院子里。妇女们在厨房忙碌。长辈们上座后,讲述着家族的荣耀和兴旺,孩子们的目光则都落在新鲜出锅的酥肉上,只待那最老的长者一声令下,便要展开舌尖和美食的争夺战。血旺和粉肠煮的萝卜汤端上来了,凉拌的精瘦肉也摆上了餐桌,蒜苗煎炒的肉清香四溢。杀猪匠二叔的剪影,花白胡子侃侃而谈的叔公,穿堂而过招呼应承的嬢嬢们……一部乡村华年的贺岁片开始上演。

亲人们觉得,这部贺岁片的续演,是要等着大哥住上他的新房子那一刻的。宗室的亲人都在谈论着政府正在修建的电梯公寓,谈论着与土地的告别,谈论着新的工作和新的生活方式。大哥和母亲已经分了两居室,每次大哥醒来,亲人就会鼓励他要坚强,争取早日住进新房,过上一种全新的生活。

「四」

大哥期待的生活是什么样子的，我至今仍然不得而知。但是我时常能感受到他心中燃烧的火苗，在我们那个一度破旧的小院和屋子里升腾。总之，他一生都在折腾。

辞去赤脚医生后，大哥在人们眼中消失，神秘失踪。只有家人知道，他不知道从哪儿得来的消息，去了三峡长江边的一个花木林场，去学种植技术和嫁接技术。当社主任的父亲在世时一直有个愿望，希望前进村花木满山满坡，我在村小学上学，每天依次要经过的山坡头都是父亲在世时命名的，桐子坡、柑子坡、桑树湾……父亲去世后，那些桑树、橘子树等都已经老化了，稀稀拉拉地生长在山岗或者山湾，还有很多被村民砍了或者偷回家当柴烧。大哥很心疼，经常大骂那些砍树的。

在大多数村民们的印象中，大哥除了傻，还犟，啥子事都敢说出来，想做一件事九头牛都拉不回来。所以村民们砍树都不敢当着他的面，生怕他的大嗓门一下子就给捅出去了。不过我经常沉浸在大哥描绘的盛世前景里：满山的果树，满池塘的鱼儿，满地的庄稼和瓜果，道路宽宽的，直接就从后山坡穿过去了，而且雨天我再也不用趟一地稀泥上学去了。"你看看，这是日本的动车。"有次他买回一张画，指着尖尖的车头告诉我，那个时候，我第一次知道我们生活的天空很大，我们的世界不只是前进村邮亭镇大足县，除了中国还有外国，除了冒烟的火车还有发电的动车。我心底对大哥是有一点敬意了。

两年后，大哥回家了。不过此时生产队已经实行田产责任制，土地都包干到户。村民们各自分到承包地，第一件事便是把田埂边和地角里的树砍了，整理得平平实实，不见一根杂草。母亲欢天喜地，虽然分到的地很远，几乎就在生产队的最偏远地方，毗邻铁路，但这丝毫不影响她高昂的斗志和热情。这些年穷怕了，在自留地里怎么也刨不出二两黄金，母亲便把这满心的希望寄托在了承包地里。恰此时二哥高中毕业回到了家，帮助母亲承担责任。

那年八月，当沉甸甸的谷穗垂满金色的原野，村民们的笑脸就像花儿一样开满山岗。人们顶着烈日收割，没有人埋怨苦和累。黄灿灿的稻谷堆满谷仓，稻草垒成草垛，像金色的蘑菇装点着山村秋色。吃新米饭那天，照旧是大哥端了刀头肉，带着我们去父亲和祖上的坟茔祭祀。当年的祭祀很隆重，母亲买了水果，这是以前从不曾有的奢侈品。依次祭拜亲人、天地、诸神灵位。

我们家的稻草没有堆成草垛，大哥用铡刀截成小节，用消毒水浸泡，然后晒干；又挑回很多淤泥晒干，一层层码放到猪圈事先搭好的竹筐里。这之后，他拿出几个白色的瓶子，说里面是菌丝，种在淤泥里，就可以长出蘑菇。我很期待猪圈屋出现奇迹，每天看他打消毒水，尽心尽力给他当杂工。果然，就在那个冬天，竹筐里长出一个个白色的蘑菇，这在山村成了轰动一时的新闻，每天到我们家参观的人络绎不绝，来一个大哥就接待一个，还详细讲解怎么种植。大哥卖了蘑菇后就会买回我喜欢吃的卤鸭子等，那年除夕，我们家的盛宴上多出了一道菜：蘑菇炒肉！

第二年冬天，全村和周围几个村的很多人家都种植了蘑菇。蘑菇多了，没有那么好卖了，母亲不禁说起了大哥的傻，全家人都觉得极是。这之后，大哥又种植平菇，人工孵化小鸡，大面积种西瓜……每一样几乎都能成功，可是每一样成功后他都毫无保留地教给别人，搞得自家很被动。我们习惯了他的做法，母亲后来由他折腾，不再管他。那个时候，我觉得大哥就像家旁边那条小河，总是不停地翻起浪花，汇成泉流，跃下堤岸，一直朝前方奔流。他不拘言行，不修边幅，但是心中应该是有梦想的，我隐约觉得。

那时候，小河从什么地方而来我不知道，但是到我们那里就成了几个村落的生命线——淘洗蔬菜，清洗衣物，浇灌菜园……河里还总有捞不完的小鱼小虾。秋天闲暇，大哥二哥从山里采回马桑子，往河里一撒，小鱼儿们轻微中毒，纷纷浮出水面，河两岸的人都拿了渔具打捞丰收的果实。整条河都欢乐起来，几天后小河恢复平静，鱼儿们继续生长和发育。大哥有一次卖了鱼儿，给我买回一个饭盒，那时我已经到镇上读初中，这个饭盒一直伴随我读到初三。初三毕业时，不知道他从哪里背回一大堆绿色的高笋苗子，栽种到河两岸，那个秋天，河两岸竟然绿油油的，一大片一大片长长的绿叶子在风里飒飒作响，很是壮观。大哥摘了白嫩的笋子，天不亮就叫上我，跟着他到位于双桥区的川汽厂家属区卖。

「五」

那时双桥区是重庆市的远郊城区，还没有与邻近的大足区合并，傍依巴岳山，龙水湖纵贯全境，国有重型企业川汽厂毗邻龙水湖，有职工数万人，每天需要大量的新鲜蔬菜供给，我们周围几个村菜农种植的蔬菜大都销售于此。

我家到川汽厂总部有两条路，一条是先走过两公里的土路到高家店，再走七公里左右的公路到双桥区，然后步行四公里公路到川汽厂。还有一条捷径是走三四公里的小路到老成渝铁路，沿着铁轨一直走三公里到长河煤矿，再经煤矿出山的公路走两公里，直到川汽厂。我们选择了后一条路，天很黑，大哥打着电筒，我脚步有点不稳，又有点害怕，但还是咬牙在天亮之前赶到了家属区菜场。

我们家的菜很新鲜，总是吸引买菜人的目光。大哥卖菜哪里是在卖，分明是半卖半送，一是把秤杆翘得老高，二是别人走了很远他还撵过去塞一把，生怕别人吃亏。我们卖完了菜，收拾秤杆正要走时，旁边卖菜人用异样的眼光盯着大哥嘟哝了一句："这是不是个哈儿哟？哪里有这么卖菜的？赚得到个啥子钱嘛！"

我真的不知道大哥这一生究竟赚到钱没有，也不知道他的存折上究竟有多少钱，印象中他不爱买衣服，喜欢买书，喜欢买生产工具，身上总是没钱。

但就是这个村民心目中的"哈儿"，干了一件惊天动地的大事，让我们刮目相看。有一次他从川汽厂卖菜回家，带回一张很大的彩色照片，四个人，一对中年夫妇带着一双儿女。大哥说男主人是川汽厂的工程师，外地人，叫周全。从大哥的叙述中得知，一次周全夫妇买菜时觉得大哥憨厚质朴，和他多聊了几句，惊喜地发现大哥酷爱物理书籍，于是收了大哥作为徒儿。

　　大哥很兴奋，清瘦的脸颊上泛着红光。他特地理了长头发，买了新衣服、新皮鞋，开始打扮自己。装扮一新的大哥看起来很精神，这让母亲很高兴，她似乎看到了大哥娶亲的时刻。因为大哥早就到了婚龄，只因为他的不修边幅，加上村民的风言风语和传闻，还有贫穷的家庭，姑娘们都退避三舍。母亲背地暗自伤心落泪，常常叹气，觉得对不起父亲，没有完成给儿子娶妻生子的任务。

　　但是大哥似乎始终未把自己的婚事放在心上。"爱迪生还不结婚呢。"他给我说这句话的时候，眼里总是闪烁着奇特的神采。母亲不知道他怎么想的，村里人不知道他怎么想的，他更加勤奋刻苦地读书，总是耽误下田种地，母亲怨言多了起来，这给村里人又落下一个不好的名声：好吃懒做！

　　乡村婚事是一个人生涯的头等大事，男儿在十四五六便开始定亲，二十出头就娶妻生子，错过了好时机，大哥的婚事就这样被耽误了。

　　大哥的婚事折磨着母亲一生。

「六」

冬去春来。

大哥不再种蘑菇，种高笋，种西瓜，孵小鸡……他拿起了书本，每天看书看到很晚，也许命运的转机在向着他招手。可就在春末夏初的一天，我至今仍然死死地记得当时的场景，其时我正在邮亭中学念高一，姐姐到重庆上大学去了，她是我们村唯一走出的一个大学生。

我正在上晚自习，窗外有个人呼喊我的名字。我走出教室，二叔黑青着脸站在廊檐下。"二哥病得很重，跟我回家。"他说。"他怎么了？"我带着哭腔问，不敢听自己的声音，浑身发抖，不祥的预感像针刺着我身上的每一个部位。二叔不作声，我放声大哭，跌跌撞撞地跟在他身后，深一脚浅一脚走了7公里多的路程，回到院子就跪在了二哥冰冷的身体边。

我跪在地上不说话，我声音哭哑了，已经不能说话了。家里的小狗叫小黑，是大哥二哥共同取的名字，小黑呆呆地看着我，眼神忧郁，尾巴停止了摇摆。那几天我逢人就跪下，给二哥送葬的人很多，都念叨着他的懂事和才华，这个时候居然就把大哥和二哥比较起来了。等二哥入土后，他能安息吗？多年以后我一直思考着这个问题，但是也不敢去想这个问题。等我直起身子，看看我生活的这个小院时，身边没有了小黑的身影，小黑不知道去什么地方了。

料理完二哥后事，大哥脸色憔悴，突然一下苍老了，身体更瘦小了。二哥在世时，他们两个常常吵架，母亲很生气，村民们也都觉得是大哥的不是。二哥不在了，大哥显得孤寂和落寞，他不看书了，把自己的书和二哥留下来的书全部打捆成册，放在了灶房的阁楼上。此时川汽厂部分车间和位于重庆的本厂合并，工程师周全调了过去，大哥也主动停止了和他们一家人的联系。

大哥又开始种西瓜，种蘑菇，种番茄……大哥是个地地道道的农民了。他不停地抽烟，几乎每天一包，两个大拇指都被烟熏黑了。

1991年9月中旬，我拿到重庆教育学院录取通知书的那天，上午，大哥陪我到村书记家下了户。午饭后，大哥和母亲借了一个人力架子车，准备到所在地邮亭粮站交我的入学公粮。粮食先要从家里挑担走两里的路程，才能到公路上推着架子车到粮站。公路转弯抹角，上坡的时候，大哥拉车和母亲推车的姿势，像一幅绝版画，一直铭刻在我心上。这应该是我最后一次给国家公粮了。一直以来，我都以仰望的姿势看粮站那些过称的工作人员，他们一般都板着脸，绝无笑容。每次过称的时候我们的心都像那秤砣一样沉甸甸的，生怕他们一句"没晒干"，或者"不饱满"而重新拉回去。果然，当"没晒干"那句话硬邦邦地摔过来时，我们三个人都呆住了。恰此时，久违的阳光终于露出笑脸，也烘干了我们湿润的心情。几个人就在粮站的空地上摊开稻谷，赶在粮站工作人员下班前让"它们"顺利归了仓。

到重庆上大学那天，母亲早早做了饭。之后，大哥背着我的棉被，提着箱子，送我走过两里路远的乡村小路，到高家店公路口乘客车去重庆。他从小受了寒湿的腿脚很不灵便，走路比较缓慢，那时我眼里就全是他略佝偻的身影。我提着一只水桶，里面装着一些生活物品，手里紧紧攥着大哥给的 7 元车费。当车子来的时候，大哥招呼我先上车，然后他把东西一样样搬上来。我坐在位置上，车子开动的一瞬间，回头看见他单薄的身子和张望的眼神，我的眼泪禁不住淌满了脸颊。

车远去，大哥的身子在土路上变得越来越小……而从此，我的路越走越远，越走越宽……

就在村里整体迁移搬家那天，姐姐姐夫开车回家，帮助大哥搬迁东西。大哥第一时间扑向了阁楼上的书籍，"书籍上落满了灰尘，大哥本来给爷爷婆婆迁坟后就感冒了，那天咳嗽不止，不知道是不是灰尘吸入太多引发肺病。"姐姐忧伤地说。

「七」

我请的假期很快就要结束了。医生下了三次病危通知书，每次看姐姐颤抖着手签字，我的心也跟着颤抖。要不要转院？我绝望地看着姐姐姐夫，他们摇摇头，转院太不现实了，没有人去照顾。姐姐姐夫请的假也快用完了，我们只好请了护工晚上照顾大哥，白天我们轮流值守。

大哥脸颊越来越消瘦，腿脚干枯，肚子却肿胀得老高。大量用药，伤了肝脏，腹水淤积，肾功能也受到伤害，已经半边身子瘫痪。他不能说话，意识丧失，蜷缩在病床上，就像一枚风中的落叶，生命是那样摇摆不定。

  我给病床上的大哥鞠躬，抹了眼泪，奔出病房，一任伤心的泪水在脸上流淌成河。我要回单位上班了，同时接走了母亲。大哥病危，七旬高龄的母亲不哭也不笑，阴沉着脸，每天很早起床上菜市，买回鸡鸭鹅等回家炖煮，然后趁我们不在，趁医生不在，端着油花花的肉汤进病房，给大哥喂下去。她不听任何人的劝阻，坚持说喝肉汤就能让大哥强身健体，就能让他从床上坐起来！大哥呕吐了几次，病情加重了，母亲神志恍惚，经常喃喃自语，有时把门摔得咚咚作响。

  回到四川南充的家，我最怕姐姐的电话响起，我不敢听她说大哥的任何事情，但在第三天的上午，我还是接到了她的电话。"医院不想治疗大哥了，喊我们把大哥接回家，我们想把他转到养老院去，用中药调理，我得到了那个藏医的帮助。"姐姐说。

  姐夫曾在西藏工作多年，其间认识一个藏医，医术精湛，据说能让瘫痪的病人站起来，但是这位藏医不轻易给人抓药治病，药方也从不外露。

  我的心窗突然有了一丝光亮，放下电话，心情久久不能平静。大哥这是第三次站在鬼门关了，我多么希望他的坚强能让他挺过这又一劫。还记得，就在他辞去赤脚医生回家后不久，生产队提升农业科技搞大棚育秧，就是在温室大棚里育出杂交水稻的秧苗，以便春耕时节栽种在水稻田里。那天，村民们要在高洞子水库的边坡上搭建几个温室大棚，大哥从家里扛了一根厚重的木头去援建，当他走到水库边时，不慎脚下一滑，连人带木头就势滚下岩壁……这惊心动魄的一幕恰巧被人撞见,那人连声呼叫"完了完了",当村民们惊慌失措地赶到时,却发现大哥丢弃木头,从岩壁下爬了上来,只是额头上有点血迹。从此后,每次经过水库边那块岩壁,我都会想起大哥额头上的血迹。

那段时间,姐姐和姐夫奔波在家和邮亭养老院之间。我每天都在和姐姐的电话里感受着大哥病情的点点变化。

那段时间,每天我都仿佛站在姐姐旁边,看她抓药、煎药……"必须用秤仔细称每一种药的分量,多一点少一点都不行;必须守着熬,一点都不能分心,每次要熬一个多小时。你知道吗?里面有一种药叫砒霜!"姐姐告诉我!

啊?

「八」

春天终于来了。

母亲没有一天不叨念着大哥,眼睛总是朝着老家的方向。她有几次问我到重庆大足走路要几天,我吓坏了,生怕她一个人步行回去,家里人每天都提心吊胆地跟着她,随时给她汇报大哥的消息。

奇迹在大哥身上发生了。姐姐姐夫把大哥从医院接走后,医院附近的一个养老院坚决拒收,怕大哥发生不测后承担责任。没想到邮亭养老院的院长闻讯后主动联系了姐姐。原来大哥在当赤脚医生时,曾经治疗了她的疾病,她一直感怀在心。大哥在邮亭养老院里得到了很好的照顾,姐姐每天熬好药后,和姐夫开车到院里,一点点喂给他。

"大哥恢复了神智,可以说话了……"

"大哥的腹水消了,肝功能增强……"

"大哥瘫痪的半边身子恢复了……"

"大哥可以下地了,能在院子里活动……"

"大哥可以喝鸡汤了……"

每一天,听着姐姐从那边传来的声音,我感觉心底的冰河在不断融化,春天的太阳映照着世界,鸟儿的鸣叫是那样婉转,草木的生长是那样欢快。我无数次想象着那些神奇的药,在火中凝练,又融化进大哥的血液,祛除了淤毒。我第一次听说的砒霜是从大哥嘴里蹦出的词语,我现在听说的砒霜却蛰伏进了大哥的身体,像顽强的勇士般,争夺着一个人的生命和活力。

历经生死劫难后,日子很轻松,暑假很快过去,秋天如约而至。那天我开车带着母亲,走进了大哥住的养老院。

大哥正在床上吃葡萄。他想要摘下一颗给我。他下床走了几步给我看。我看见他说话的样子和走路的样子,不敢相信眼前的一切是真的。我想起了我走之前大哥躺在病床上的样子。大哥说今年过年就可以住进新房子了,等身体好了之后,就在双桥区找个工作,好好和母亲生活。这些年,我们越走越远,在人生的舞台上尽情歌唱、舞蹈……大哥却丢掉了所有的梦想,和母亲一起生活,俯下身子,与黄土作伴,把自己变成了一个地地道道的农民。

他永远都是那么"傻"。因为拆迁,镇干部挨家挨户依次测量房屋面积,以补偿赔偿款。当测量到我们老家宅基地时,听说镇干部的绳子没拉直,多量了面积出来,他还吼了人家,坚持去把绳子拉直,把多余的面积减了出去。这在整个拆迁户里都成为笑谈。

当我们告诉他新房子马上就要竣工时,他的眼神突然一下子变得很明亮。接着他从口袋里翻出自己的存折,那是拆迁安置费。望着大哥粗糙的双手,佝偻的身子,我不禁想起了老家的竹林、晒场、水井、自留地、芭蕉林、坟茔……这一切,都被一条八车道的公路和一片工业园区覆盖,大哥的存折封冻了我们家的往事。

院长是个中年妇女,给大哥提了开水进来,又把洗得很干净的被子拿了进来。她说起当年大哥治病的事情,感激不尽,大哥像个小孩子,不好意思地笑了。

大哥这个笑容,是他留在我脑海里人世间的最后一个笑容。

「九」

秋转凉,冬天很快来了。

大哥只要身体好点,就要去镇上的茶馆喝茶。茶馆里聚集着村里的很多人,一旦日出而作日落而息的生活规律被打破,一时半会儿又找不到别的工作,他们仿佛便无所事事,每天靠打麻将和聊天生活。院长和我们都怕他着凉,以免感冒引起咳嗽,一再叮嘱他不要去,可是谁都拦不住他的脚步。或许养老院的氛围不太适合他,或许他又太急于适应新的生活。

姐姐每天依然煎药，送药。

有天晚上，大哥在院坝里坐了很久。谁都不知道他想了些什么，晚餐时也吃得很少。院长说，大哥的心情很低落，她招呼他，他脸色很青，没有理睬。

第二天，接到姐姐的电话，大哥感冒很严重，可能受凉了，咳嗽得厉害。大哥又住进了医院。"大哥晚上放声大哭，上次他在医院受到那么多折磨都没有哭。"姐姐说完，我早已经号啕大哭起来。我仿佛看见大哥像一枚叶子，在风中凋零。

第三天晚上，我突然心口疼痛，被噩梦惊醒：老家小河涨水，我的书包掉进了河里，大哥赶来拾起了书包，我喜极而泣，但是就在我一转身后，大哥却没了！那天早上我就接到了姐姐的电话：大哥半夜没了！

我立即赶回老家，全村的人都来了，他们都成了城里人。他们敬称着大哥的名字，念叨着大哥一件件的往事，眼泪就流下来。我跪拜在地，就在巴岳山下的一间屋子里，大哥安静地睡着了。他一定有很多梦想，他一定是在静静地等待明天的朝阳升起！

· 我的声色村庄

「春」

人生如梦，不经意间就至中年。岁月像胶片，在脑海慢慢回放，我掐到了童年乡村生活时段，暂停，努力记忆。这段胶片藏着一年光景，四季分明，色彩清晰。

首先是春。它是一幅彩照，红橙黄绿青蓝紫，线条生动自然，色调清新明快，并且无油画般模糊和凝重，仿佛还散发着淡淡的芳香。一花一草都朴实无华，却又灵透无比，像清清的溪水一样，在各自的世界静静地生、悄悄地长。

我常常跑进油菜地里，去挖蒲公英，寻找鱼腥草，拿回家让母亲把它们和鸡蛋炒了吃，以去除全家人身上的湿气和余毒。田埂上，我还喜欢陪母亲掐白花花的清明菜，和糯米粉蒸熟成糕。自留地中，椿树嫩芽发出一种特殊的香味，总是能勾起我对春天的渴慕和热爱。春天正是青黄不接的时候，家里米缸见了底，有自然生长的草叶，把它们做成菜，融化进心底，也成为我一生的美食记忆。喔，大地长出的美味还有黄葛树嫩尖、桑果、刺梨、羊奶子……

主调的黄色是油菜花，漫山遍野。惊蛰后，春雷响。它们睁开小眼睛，惊喜地看旁边麦田的绿叶抽长、青穗窜出，拉拉手后，又想和近处田埂中的紫白色蚕豆花打声招呼，和山坡上绯红的豌豆花问个好。然后它们才迎接天空飞来的小蜜蜂们，把心袒露，把蜜分享；又俯下身子，与我亲热拥抱，悄悄耳语。

金黄的花蕊摩擦着我的耳朵，痒酥酥地，还送来蜜的清香。我仿佛听懂了菜花的语言，约了小伙伴们，剔除油菜枯黄的脚叶，扯了地里的青草，让它们越发茁壮地长。青草被扔进泛光的冬水田沤肥，以补给这一季水稻苗的胃口。油菜脚叶被背回家，让母亲剁碎喂猪。年底，蜜的芳香就一直从菜油浸润到猪肉。

冬水田揉揉胡须似的稻茬，眨巴着眼睛，被壮汉手中的犁耙唤醒。牛儿默默地走过，不经意间就用尾巴甩了牧童的响鞭，惊醒了一湾山水。小河"哗哗"地响着，绕过稻田，在河岸青山的侧目下，不知道跑到哪里去了。倒是村里抽水机"突突突"的声音，吸引了我和小伙伴们的脚步，我们拿出鱼兜，赶紧跑到坡顶水泵出口，等着小鱼儿鱼贯而出。还用白亮亮的水花打仗，然后看它们汇聚成一股股泉流，通过水渠倾注到四面八方。

农人们能听不懂大地和花儿的语言吗？山坡上劳作的人一下就多了，播种的、插秧的，他们熟悉田间的物事，深谙季节的轮回和流转，立春、雨水、惊蛰……啥时该翻土、锄草、追肥、丰收……就像养护自己的身体。

于是，在四川盆地东部的丘陵地带，在每一块齐整的山坡地里，红苕和玉米苗们顶尖了,像春天的绣娘们,开始打扮田野;房前屋后,燕子翩然而来,筑巢安家;菜畦勃勃生机,韭菜一茬一茬接着割,青菜一笼一笼被晒干装坛,春天的大地就这样被白的、绿的、黄的庄稼们主宰着,描绘成农人眼中的画图,而桃花红、杏花白,只能躲在庄户小院竹林后,点缀孩童们的画笔。

「夏」

天空明朗。

隔着岁月间隙,多年后我打量儿时夏天的庄子,依然可以不用放大镜,哪怕一只虫、一只鸟、一棵树,它们都生动地跑进视野,呈现在我面前。

太阳像个老人,能感觉到他一夏都在开心地笑,很少翻脸。阳光炽热,不遗余力地释放给山川河流以热情。小生灵们高兴坏了,蟋蟀跳出草丛,"唧唧唧唧"地高声演奏,呼朋引伴;蜻蜓把偌大的半空当舞台,穿上红裙子、蓝裙子、花裙子卖力地跳舞;蜘蛛攒足了劲儿,却又悄然无声,在屋檐下默默地铺设着阵营;这一切都未逃脱蝉的小眼睛,躲在树下拼命喊着"知道了,知道了",时刻不忘向生活在这片天地中的最高主宰者农人禀报信息。

农人太忙了,哪有闲心来体察小生灵的天地。夏长,粮食长,草也长,拔草施肥,与草的战争和不误农时是他们的主要心思。母亲是这个队伍中的一员,她挑着担子,早出晚归。担子里通常装的是农家粪肥，自然而来，自然而去，如此循环往复。乡村女人孕育孩子，也不输男人劳作，像地里的花儿般朴实，不用过多关注。

青绿色是这一季的主色调。稻田里，秧苗见风长，彼此间毫不示弱，你追我赶地窜出头来，以期农人赞许的目光；山岗间，麦苗儿要温婉些，轻柔地扭动腰肢，眯着眼睛，惬意地享受着阳光的爱抚；田坎上，高粱和包谷都站直了身板，挺起了胸膛，颇具绅士风度般迎风而立，想要给堰塘里鱼儿们一个温馨的港湾；哪知道鱼儿们太调皮了，忽而"嗖"的一下就跃出水面，想要加入岸上的阵容。到底是凉风知道农人的艰辛，不失时机地迎着太阳，翻过山坡，掀开他们汗湿的衣背，暂时以慰藉。

午后就是我们的世界了。

后院很清凉，岩缝里透出的湿润气息可以让我们安然度夏。扒拉开岩壁上的草丛，搜寻藏在藤蔓里的地瓜。找来竹竿，顶端用篾条围成圈儿，把蜘蛛们的"战场"掠夺过来，布成一张网。然后蹑手蹑脚地来到潜伏于竹枝上的蜻蜓身后，捕获这些好看的"舞蹈家"们回家，放进蚊帐里，让它们去饕餮蚊子吧。或者在湿润的屋檐地沟里，掰开石块找蚯蚓，把它们放在石阶下，逗引小蚂蚁出来。小蚂蚁们成群结队出来了，声势浩大，拖着"猎物"往回奔。"黄师黄师蚂蚂，请你家公家婆来吃嘎嘎，大路去小路回，吹吹打打一起来。"我们拍手高唱着为蚂蚁们助威，心情别提有多高兴。那时，我常常幻想自己也是一只小蚂蚁，加入到它们的阵容，听它们唱歌说话，到它们的王国一探究竟。

趁大人们都在午睡，胆大的男孩溜出家门，脱得精光，"扑通"

一下跳进河里，激起水花一片，吓坏了游来游去的鸭子和鹅们，也吓得洗衣的女孩们赶紧蒙住双眼，落荒而逃。小河不寂寞，一年四季都有洗衣的棒槌声奏乐，夏天尤甚；暴雨天，兴致起来，它还声势浩大地翻过堤岸，漫进田地，把一些小鱼、小虾赠与我们呢。岸边柳树依依，树桩上栓着水牛，水牛离开耕作的日子是很惬意的，正悠闲地打着响鼻，漫不经心地戏水。河中央总是漂浮着一丛丛水葫芦，紫白色的花儿，绿得发亮的叶子，逼人眼的清凉，大人们会用这些叶子蒸馒头，我们会把那些花儿戴在头上装扮自己。

时近酷暑，总是期盼夜晚快些到来。乡村的黄昏是很美妙的，火烧云低沉于半空，薄明薄暗；小径弯弯曲曲，人来人去影影绰绰；人家屋顶炊烟袅袅，时有时无；水井边沿热闹起来，挑水的人络绎不绝；家中磨盘转动了，金色的玉米浆流了出来。吃罢晚餐，萤火虫也飞过来了，一闪一闪地，停在麦秸上；橙子树叶中，蝉可能叫累了，有一声没一声地嘶鸣；坝子还有余温，还有晒过的玉米、胡豆、豌豆的香味，顾不得许多，家家户户扯了凉席一放，搁一碗刚煎炒的胡豆、豌豆，摆一捆刚砍回来的包谷秆、高粱秆，大人小孩边吃胡豆边撕咬杆子边聊天，开始数天上的星星。杆子清甜，像岁月酿的酒，就尘封进心底了。

夏夜，最美妙的是看露天坝电影，遇上哪个村放电影，干脆扛个板凳，不管有多远，不管看过多少遍，风雨无阻，乐此不疲。那是村与村的聚会，人与人的相逢，没有距离。

「秋」

天是一个父亲，要风给风，要雨给雨；地是一个母亲，孕育人类，生长万物，不言不语。我从小就这么认为。

历经春风春雨和夏阳夏炙，大地母亲愈发内敛成熟。秋像个魔术师，含着金，吐着火，只把魔杖一点，山山岭岭和沟谷溪畔立刻着色，绚丽多姿。南瓜黄了，冬瓜白了，高粱红啦。

最能感知天地之心的是稻谷。它们在春风中发芽，在夏阳中拔节，在秋云中成熟，低眉颔首，褪去葱青色，以耀眼的金黄涂满田野。

谷粒颗颗，向着大地笑。全村人都在笑，米饭的清香似乎溢满天地。一年中最隆重的农事拉开帷幕，男人们准备好担子，女人们清扫了晒场，孩子们磨好了镰刀。顶着红火的大太阳，把打谷斗放进田里，汉子们甩开膀子，"砰砰砰"谷粒撞击谷蓬声，成了八月田间最美的乐音。晒场上，阳光贪婪地舔舐着谷粒，水汽冒着烟，女人冒着汗，捡草、分行、摊晒……当一个个稻草堆紧紧围住树桩，一粒粒稻谷在风车"吱呀"声检阅后入仓，秋收完美谢幕。

母亲把新米饭做好了，浸着油香。堂屋的神龛上香，给祖宗三支；院坝上香，给六畜；坟茔上香，给天堂亲人。世间万事万物，都尝尝今年的新米饭吧，天堂的亲人们，也不要饿着了。我鞠躬作揖，跟在哥哥们身后，看香蜡纸烛燃烧，灰烬蝴蝶般飞舞，总是幻想出无数个画面，关乎天上地下的，传说和现实的，一切都是有生命的！

我这样想着，心生敬畏，把满满一杯酒倒在了它们面前。

江河是感知温度和情感的，它们是大地的血脉，鱼儿是游走在血脉中的天使和精灵。从春到秋，有桐花飘零，有浮萍幽幽，有稻香、荷香相伴，有雨露滋养，鲫鱼、鲤鱼、草鱼等野生鱼儿们卯足了劲儿生长，长出一秋的膘来，白花花地在水田里跳跃，在荷塘里翻滚，在小溪中穿梭。真的不知道，哪里来这么多天然的小精灵？我常常拿了渔兜，总是在秋收后的稻田里捞起小鱼儿。即使稻田干涸了，也能抠出很多的泥鳅和黄鳝来。哥哥们采来马桑子，往河里一扔，鱼儿们就浮上水面，任凭人们打捞上岸。这些马桑子是天然的毒药，小鱼儿们昏迷后，一旦药性过了，依然活蹦乱跳继续生养。

母亲能将沾满泥腥的鱼儿做出极好的美味来。先用极少的猪油把鱼儿煎得焦黄，然后用石臼捣碎蒜泥、红辣子，把它们放进锅里，最后加上一把紫苏叶。紫苏长在芭蕉下，生在院前屋后，总是发出一种特殊的香味，打开我们的胃口，也打开我今天的记忆。

将记忆染成一片粉红色的是农村的婚嫁，这也是爱情成熟的季节。我参加过宗族堂叔的婚礼。婚礼前一天男方要把准备好的鸡鸭鹅等挑到女方家，称为"过礼"；婚礼当天女方家会把所有的嫁妆送到男方家，讲究的是几铺几盖。红朗朗的桌子、椅子、柜子，红朗朗的被子、衣服、首饰，红朗朗的盖头……长长的送亲迎亲队伍，在秋天的田野分外壮观。

秋风渐紧，雁阵排排飞过，虫鸣声越来越稀少，芭蕉叶黄了，荷叶也枯萎了……秋雨一过，母亲就开始给我们加衣服。我却脱下鞋子，跳进了院坝边的荷塘里。藕节，正蜷曲着肥硕的身子，躲在淤泥中欢笑呢。我想把它们清理出来，装进母亲的瓦罐里，和着宰杀后的鸭子，一起补给我们的身体，以等待严冬的到来。

「冬」

草枯尽，叶凋零，木坚挺。

厚厚的桉树叶覆盖了我家自留地，褐色的竹叶把后院铺盖得严严实实，稻茬被耕牛翻进了泥水中……叶子们飞扬了三秋后，与西北风抗衡，包裹着大地，之后在冬雪中静静腐烂变质，涵养泥土。

雪是一定要下的，每年都会如约而至，它是天宇赠予四川盆地东部丘陵地带的一个礼物。雪下了，小麦们便安心生长，虫们、蛇们、蛙们便静静蛰伏，河流山川在默默耸峙……一切都在收敛与储蓄，等待来年的芳华。

雪也是缠在孩子们心口的一个念想和情结。当西北风"呼呼"咆哮着，从山岗那边席卷过来，吹折断树枝竹枝，吹落房顶的瓦片，吹红了人家的炉中火，催开了人们的笑脸时，我的心便开始惊喜跳跃：看刺骨的冬雨降落，然后化成漫天飞舞的鹅毛。不，是蝴蝶，一只只，飞啊，飞啊，漫无天际，时空仿佛因此凝滞。空中会飘零仙子吗？雪冰清玉洁的模样，是不是就是她们的绫罗锦缎呢？

雪通常在夜间悄然而下，一大早推开大门，"哇！"竹叶上冰花洁白剔透，院坝的雪如盐粒般饱满晶莹，炊烟正从瓦片罅缝的雪中袅袅上升呢。大人小孩都兴奋极了，男人女人都跑出来了，整个村子似乎都热闹了,堆雪人,打雪仗,不亦乐乎,乡村嘉年华由此上演。

已近年关。哥哥们砍下竹子,划成细细的篾条,编成箩筐锅盖等,挑到集上卖了换钱,以给我们压岁钱和买书的钱。好不容易农闲的母亲端了小竹兜,拿出剪子、布条、黏糊,给我们做过年穿的布鞋。她又洗了所有的被子,用米汤浸得发白,晾在坡上随风飞舞,猎猎作响。她还找来竹竿,缠上布条,把灶房的蛛网一粘而尽,挂上铁钩,准备熏制腊肉。

家家户户开始杀年猪了。选个吉日,一切准备妥当。我站在阶沿上,目睹着院坝中央整个杀猪的过程,又喜又怕。二叔却淡定自若,指挥两个汉子把杀好的猪掀下板凳,擢在铺满谷草的地上。"快去提开水来。"二叔用绳索绑紧吹气的猪脚,冲我吼道。我回过神来,赶紧往灶房跑。姐姐在一边劈柴,妈妈正在烧水,一年中最好的柴火在灶膛里欢笑,露出红红的脸庞。满屋的水汽,氤氲着欢快的气息,袅娜地升腾,扑向屋顶的瓦片。

整个院坝都喜悦了。狗们乐颠颠地跑过来,在二叔的呵斥声中,夹着尾巴想方设法去偷舔地上的血迹;三五个小娃儿也循声跑来,趁空拨弄一下猪身上的耳朵或者尾巴。二叔表情严肃地接过我的水壶,从猪脊开始烫毛。细细的开水线冲刷着猪的身体,略带腥味的水汽弥散在院落,年味也像一锅熬开的粥,飘散出浓浓的稠香,牵扯了我们的神经,以及新奇和期待的眼神。

猪头被完整地宰割下来,留作祭祖用。两只猪大腿也被割下来,来年它是要用来走亲戚家的。"肉"中包裹的两块亮板油,被二叔撕裂开，放进器皿中。二叔把"肉"一块块割开，在边上戳了个小洞，整齐码放到谷箩筐里。

不，这不是在演电影，这是发生在我生命中最真实的乡村故事，它们从来都没有在我的视野和心灵消失过。写完这一切，我的声色乡村，我脑海深处那些青山绿水，点化成一条飞舞的龙，久久地，久久地，在我的心空盘踞下来。

—*End*—